これは
ただの
夏

燃え殻

新潮社

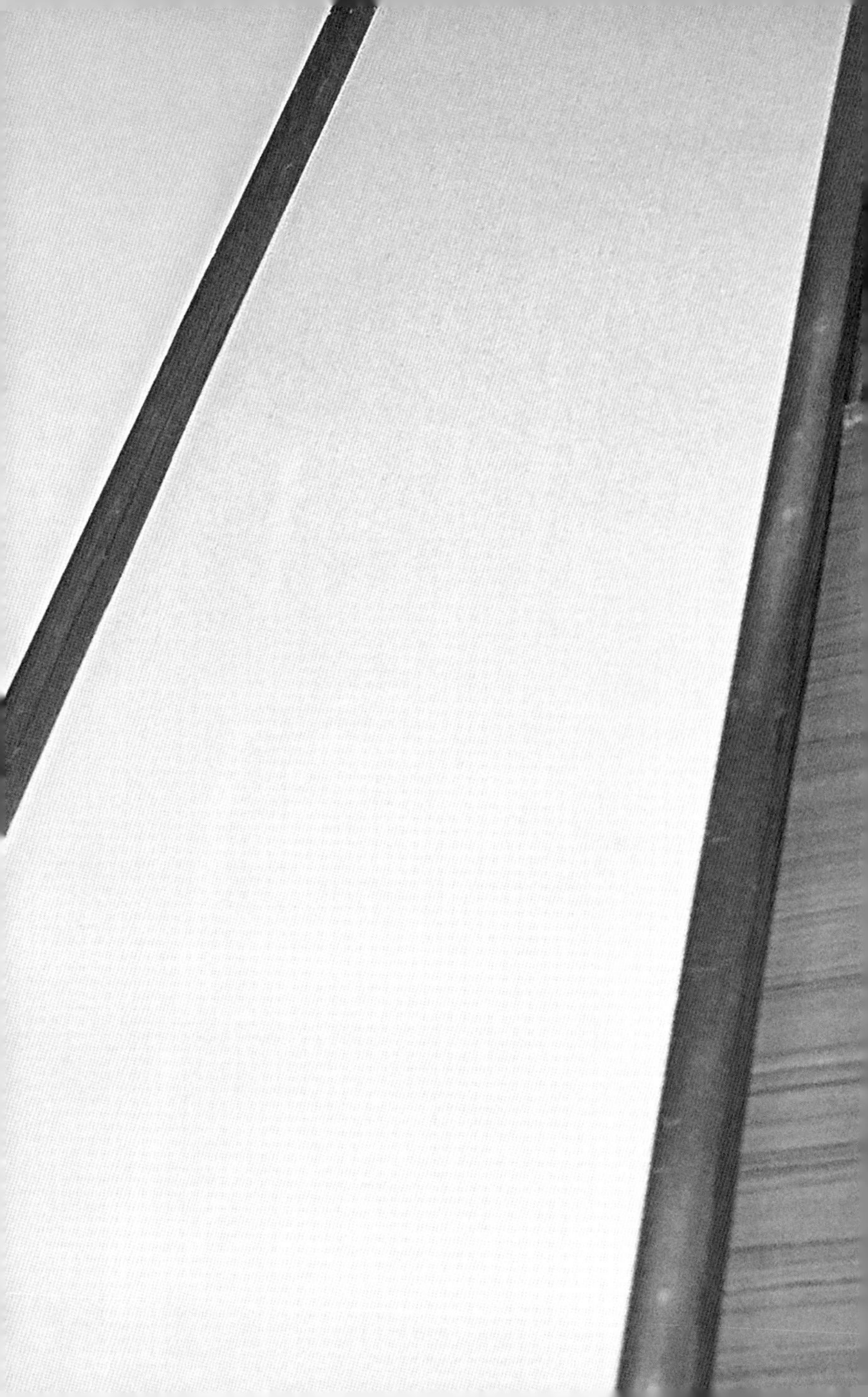

これはただの夏

目次

写真　草野庸子
装幀　熊谷菜生

これはただの夏

お姫様はお城の中で雨を眺めていた

夏から秋に変わっていく、季節のグラデーションが苦手だった。あの物哀しさにはどうしても慣れない。もしこの先、金持ちになることがあったなら、ボクは間違いなく永遠に夏が終わらない国で生きていきたいと思っている。

その日、ボクは夕暮れ間近の区民プールにいた。本格的な夏がまた始まろうとしている。蝉たちの合唱には、どこかまだ迫力が足りない。ずっと左耳に水が入っていて気持ちが悪かった。でも、気持ちが悪いことが気持ちいいと思ったのは、初めてのことだったかもしれない。塩素の匂いが皮膚からかすかにしていた。水で詰まった左耳に響くプールサイドの子どもたちのおしゃべりが、水面を跳ねまわっている。その日が彼女の誕生日だということを、ボクはまだ知らなかった。小さくかけっぱなしのスマートフォンのラジオアプリから、再来年には東京で二度目になるオリンピックが始まりますね、という話し声が聴こえていた。これはただの夏の日の出来事だ。特別ではない夏の数日間の話だ。

「とりあえず」という冠《かんむり》のついた言い回しが嫌いだ。とりあえずビールとか、とりあえず大学ぐらいは出ておけよとか、とりあえず三年働いてみろよ、だったり。とりあえず結婚して、とりあえず子どもは作れよ。マンションのローン、養育費、とりあえずそうだな、貯金はだいたい、これくらいはあった方がいい。そう言って父は左手でピースを作った。

「二千万円」ということらしい。

ちょっと待ってくれ。そうやって、なんでもかんでも「とりあえず」を押しつけないでほしい。ボクは心の中でそう思いながら、苦笑いを浮かべ、数センチだけ残っていたビールに口をつけるフリをした。もう正月に実家に挨拶に行くのはやめようと心に誓った。その誓いは、無宗教のボクの唯一の戒律として、ここ三年破られていない。


「アンタね、親も歳を取って先に死ぬのよ」

知人の結婚式に着ていく黒いフォーマルスーツが実家にあったはずだと電話をかけたら、電話口に出た母が、ここぞとばかりに溜まりに溜まった小言《こごと》を言ってきた。

「いつまでそんな朝も夜もないような仕事をつづけるつもりなの？　いまから子どもが出

来たら、アンタ、子どもが成人するとき、いくつになるか計算したことある？　とりあえず最初にそういうのを計算して生きていくのが、大人になるってことでしょ」

「大人にもそれぞれの生き方があんの」

「県庁に入った同級生の林くん、上の子が高校生だって。この間、東急ストアで林くんのお母さんにたまたま会ったら、ビックリ。みんなちゃんとしてるの。そんな生活してたら絶対病気するわよ。塩分、気にしてる？　人はね、塩分の摂りすぎで病気になるの。ミヤネ屋で言ってたんだから。あのコメンテーターの人なんだっけ、お母さんと同い歳くらいの大学教授。髪の毛、真っ黒だったわ。そしたら黒酢を飲んでるんだって、ビックリ」

「了解、黒酢は飲むよ」

「黒酢の話じゃないでしょ！　昨日の報道スペシャル観た？　孤独死特集。ああいうのちゃんと観なさいよ。いつまでもお母さんみたいに、言ってくれる人いないわよ。みんな、他人のことなんてどうでもいいと思ってるんだから。最後に頼れるのは家族なのよ。アンタがいまのまんまだとお母さん、恥ずかしくて東急ストアへ買い物に行けないわ」

　母はいつも通り、しっちゃかめっちゃかに話を取っ散らかして、嘘みたいに大きなため息を電話口に吹きかけてきた。ボクは「了解」を繰り返し、「スーツだけ頼むよ」と念を押した。

☀

その夏は何度となく目にしてきた、ありきたりの光景から始まる。都内の閑静な住宅街に埋もれるようにある、古民家をリノベーションしたレストラン。店内が暗転し、新郎新婦のすぐ横に設置されたスクリーンから、この店にはふさわしくないほどの大きな音量が響き渡る。

「洋平さん、圭子さん、ご結婚おめでとうございます！　マネタイズの大島と」「新郎の斉藤です」「なんでお前が圭子さんの相手なんだよ！」「ここだけの話、出会いは友達の紹介の合コンでした」「斉藤さん、合コンを隠すための『友達の紹介』ですから！　とにかく本日は洋平さん！　圭子さん！　誠におめでとうございます！」

サプライズとして、いまお笑い界で一番人気の若手漫才師マネタイズのお祝い動画が突然流れ始めて、披露宴会場がどっと沸いた。スクリーンの横で、キャンドルライトに照らされている新婦が、大げさに手を叩いて笑っていた。招待客の多くが、スマートフォンのカメラを、大きなスクリーンに向けている。

「新郎に大きな貸しを作れたな。これは完全にオレのおかげだぞ。これでオレとおまえの会社は未来永劫、安泰というわけだ」

先月、めでたく体重が百キロ超えをしたディレクターの大関が、ボクに耳打ちをした。過密スケジュールの合間を縫って、マネタイズのお祝い映像が撮れたのは、この巨漢敏腕ディレクターの顔の広さと力によるものだ。ボクはテレビ局の下請け会社として、新郎のつとめる大手広告代理店と二、三度仕事をしただけで、個人的なつきあいはまったくなかった。

お祝い動画の制作を条件に、営業目当てで、ディレクターの大関とともにこの披露宴に潜り込んでいた。テレビ番組の美術制作をしている最底辺の会社に「未来永劫の安泰」なんてものがあるとは思えなかった。これからも、風見鶏のように風まかせの毎日がつづくのだろうなと思っていた。

「新郎が、あの大月家具の御曹司で、新婦が赤坂の老舗料亭のひとり娘。まったく自分とは関係ない並行世界の話ですね。オープニングの経歴紹介の映像なんて、バラエティ番組の豪邸自慢の企画みたいですよ、あれ」

大関に今度はボクが耳打ちをした。締めに入ったマネタイズが、清涼飲料水のコマーシャルで最後に披露する一発芸を決めると、指笛を鳴らす者が現れるほど、披露宴は最高潮に盛り上がる。

「デザートとお飲物になります」

テキパキとしたボーイが、ボクたちの席に手際よくコーヒーと紅茶を、客の要望通りに置いていく。「新郎ご友人」という雑な括りのテーブルに座らされ、隣の大関以外、まったくの初対面といったアウェーな状況がつづいていた。何度目かの「ご歓談」で、やっと宴は幕を閉じようとしている。

新郎新婦が目配せをして、おもむろに席を立つ。ふたたび照明が暗転し、スポットライトがマイクの前に立つ新郎新婦だけを照らし出す。ボクは眩《まぶ》しくて、思わず目をつむった。

「ここで、新婦がこの日のために、ご両親さまへ、お手紙をしたためてこられたということです。圭子さん、ご準備はよろしいでしょうか」

いまひとつ心のこもっていない抑揚のない話し方の司会者の紹介とともに、新婦が手紙を広げ、漫画みたいに深呼吸をひとつした。新郎が背中にそっと手を添える。新婦はすでに泣き顔になりながら、手紙を読み始めた。

「わたしは皆さんご承知のように料亭の家に生まれ、家での食事はいつもプロの料理人が作り、いわゆる家庭の味を知らずに育ちました」と、イヤミにもなりかねないことを、出席者の顔ぶれも相まって、しっかり笑いに変えて始まった。「洋平さんのご家族とわたしの育った家のように、笑いのたえない家庭を築いていけるよう精進する所存です。お義父《とう》さん、お義母《かあ》さん、不束《ふつつか》な嫁ですが、よろしくお願いします」

新婦がそう言ってスピーチを締め、深々と頭を下げた。

「そして、わたくしの方も、お義父さんとお義母さん！」

新郎が横からマイクに顔を近づけて言う。

「これからも料亭の味、ごちそうになりまーす！」と新婦の両親に語りかけると、新郎の会社の同僚たちの席から「羨《うらや》ましいぞ！」と大きな声が飛び、列席者たちから、正しい笑い声が漏れた。

「気が合いそうにないな、アイツら全員」

大関がデザートのゆずシャーベットをべちゃべちゃ食べながら、独り言のようにつぶやく。中島みゆきの『糸』が大音量でかかり、新郎新婦と両家の親が、並んでお辞儀をして万雷の拍手に包まれ、披露宴はとどこおりなく終了した。


「二次会、どうします？」

「行くでしょ〜。金持ちのブルーオーシャンだぜ？　営業、営業。それに見ただろ、新婦の友人たちによるチアリーディング。イエス！　イエス！」

百キロ超えの巨体を揺らしながら、大関が手と足を不格好に挙げ、おどけて見せた。

「ひとり、すげ〜エロい子いましたよね。キラキラの黒いワンピースの」とボクが言うと、

「いたいた、あの子は顔もスタイルも抜群だったな。反則だろ」とピンク色の蝶ネクタイを外して、襟元を第二ボタンまで緩めながら、大関は今日一番の笑顔を浮かべた。クロム

ハーツのネックレスが、異様なほど似合っていなかった。

「あの子たち、二次会来ますかね」

ボクも白いネクタイを外した。

「間違いない。トイレに行くとき、チアで踊っていた子が二次会の店の話をしながら歩いているのを、チェックしたからね。で、店どこだっけ？」

二次会会場のライブハウスまでは、クルマで十五分はかかりそうだった。

古民家レストランを出ると、入り口には場違いなネオン管で「ＯＣＥＡＮ」の文字が派手なスカイブルーの色に発光している。新婦の友人たちがそのネオン管をバックに写真を撮りあっていた。新郎の親族席で泥酔していたおじさんが、彼女たちの輪に無理やり突入し、「キャ～」という嬌声に包まれながら、一緒に写真に収まっている。

「ここはオレたちも行くべ」

大関が、いままで見たこともない速さで、「はい、もう一枚いきましょう！」とその輪に加わり、ボクに手招きしている。出遅れたボクはキラキラの黒いワンピースの女の子の横に申し訳なさそうに並んで、写真を撮られた。

「二次会、行かれますか？」

気づけば時候のあいさつみたいに彼女に声をかけていた。乾杯のシャンパンと冷えた白ワインが効き、おじさんと大関の臆面のなさの数パーセントが伝染したみたいだ。

「はい、みんなで行くつもりです」

「あー、オレたちもそのつもりで」

大関が横から割り込んでくる。

「歩いていくにはちょっと遠いから、タクシー拾おう。一緒に行きませんか？」

大関が持ち前の押しの強さで攻める。

「ご一緒させていただいて、いいんですか？」

あまりに呆気なく、笑顔で彼女は誘いに乗ってきた。彼女のポニーテイルにした髪から漂う匂いが鼻をくすぐる。披露宴で何時間か同じ空間にいると身内意識が湧いてくるのだろうか、警戒心が微塵《みじん》もない。ボクにはわからない感覚だった。

見たところ、彼女のグループは三人だ。タクシーは二台に分乗しなくてはならない。最初に止めたタクシーは大関に譲り、彼女の友人ふたりを先に乗せた。ほどなくして、もう一台タクシーが来て、ボクは彼女とふたりで乗り込んだ。

「新婦の圭子さんとは、学校で一緒だったんですか？」

答えを知っている質問をした。

「そうです。みんなでチアをやってて」

「あっ、そうだ。さっき踊っていましたもんね」

知っていることを知らなかったことにして会話を進めていくのは、下請け稼業の会話術だ。

「緊張しちゃって、食事ぜんぜん食べてないんです」

彼女は笑いながらそう言って、ポニーテイルにまとめていたシュシュを取る。スマートフォンのカメラ機能を鏡代わりに使って、髪の毛をくしゃくしゃっとした。

「テレビ局にお勤めなんですよね？」

「えっ、どうして？」

運転手が、カーラジオのボリュームをすこしだけ上げた。ニュース番組で人気の、タレントくずれの気象予報士が「明日の関東地方は、ズバリ晴天です。朝から真夏日の気温になるでしょう」と自信ありげに話している。助手席に競馬新聞が二紙重ねて置かれているのが見えた。

「前のタクシーに乗ったお連れの方が、スピーチしたときにおっしゃっていたから。ご一緒なのかなって」

「いや、自分はテレビ局勤務ではなくて、制作会社の人間なんです」

「えっ、制作会社って番組作ってるってことですか？　じゃあ、披露宴のマネタイズの映像も？」

「あー、すこし手伝いはしましたけど。さっきのあの太った男が彼らの番組をやっていて、そのご縁で」

「マジすごい。一緒に番組を作ってるんですか？　私、マネタイズが下北でやっていた初期のライブから、全部観に行っていました。えー、すごい人といま話してるんだ」

「作っているというか、参加しているというか」

「参加なんて出来ないですよ、普通。なんていう番組ですか？　私、絶対観てますから」

番組名を告げると、彼女はさらに距離を縮めてきた。

「あのう、この左の建物みたいですね」

タクシーの運転手が空気を読まずに車を停め、メーターを切る。ボクが払おうとすると、「あっ、ちゃんと払います」と彼女が財布を出すそぶりを見せる。「いや、ここはボクが」と引き取った。「すみません、お会いしたばかりなのに」と言われ、身内意識が他人行儀に戻りかける。

タクシーを降りた途端、彼女が「わあ、素敵。地中海みたい」と大仰に歓び、二次会のライブハウスの外観をスマートフォンで撮った。そこまでの記憶は、まるで高画質で録った動画のようにクリアなのに、そこから先は、突然まだらになってしまう。どこまでが現実で、どこからが非現実なのか、混沌としていて、自信がない。

行きがかり上、大関とボクは黒いワンピースの彼女とその友人ふたりと同じ立食のテーブルに着いた。二次会は、新郎が高校時代に組んでいたロックバンドが久々の再結成をして、爆音で幕を開けた。音割れするシャウトに大ノリのオーディエンス。あまりのうるささに、五人で共通の話をすることが難しくなっていた。気づくとタクシーに分乗したのと同じ三人と二人で会話が分かれ始める。このとき、緊急地震速報が港区全域のスマートフォンで鳴ったらしいのだが、ボクたちは新郎のシャウトとバンドの爆音で、まったく気づかなかった。

「おまえ、黒の『反則』とばかり話してんじゃねえぞ」

同じタイミングでわざとトイレに立った大関に、洗面所で真顔で怒鳴られた。大関は、かなり酔っ払っているようで完全に目が据わっていた。

帰りは「反則」とふたりになった。大関が完全に酔いつぶれたのをいいことに、彼女を連れ出したような気がする。

「今日が昨日になろうとしているね」

ボクはとってつけたようにそんなことを彼女に話したらしい。次の日の朝、彼女が口真似をしながら教えてくれた。彼女と何を話し、どうやって夜を過ごしたか記憶が飛んでいる。かすかに覚えているのは、彼女と手をつなぎながら、ストロング缶を持ってどこかもわからない商店街の真ん中を、笑いながら千鳥足で歩いていたことだけだった。

目が覚めたのは、喉の奥が渇きでひっつくような感覚に襲われた午前八時を少しまわった頃だ。目を開けると、そこはファミレスの四人席だった。テーブルに突っ伏して眠ってしまっていたらしく、両手が痺《しび》れて頭が割れるように痛い。

「おはよう、昨日のこと覚えてる？」

彼女がテーブルを挟んだ向かい側から、頬杖をついて話しかけてきた。ボクと彼女の間には、ドリンクバーの残骸のマグカップがたくさん並んでいる。ボクはどうにも喉が渇いて、その中の一つのカップを手繰《たぐ》り寄せ、ひと口すする。それは完全に冷めきったコーヒーで、二日酔いの胃が悲痛な叫びをあげた。

「ごめん、あんまり覚えてなくて」

千切れそうな内臓を抑えながら言うと、「だよねえ」と彼女は呆れるのと哀しいのがないまぜのような表情を浮かべた。

「明け方にこのファミレスを見つけるまで、ずっと歩きながら話してたんだよ、ウチら高校生みたいに。私は忘れられないかもな」


ファミレスを出ると、空には重たい灰色の雲が広がっていた。まったりとした雨の匂いがして、いつ降り出してもおかしくない気配がする。ファミレスの外観は、中世のお城を模したような白い造りになっていて、やけに大げさで安っぽさに磨きをかけている。

ボクは黒いフォーマルスーツ、彼女はキラキラひかる黒いワンピース姿。スーツを着たビジネスマンが増えてきた午前八時半の街中で、ボクたちはかなり浮いていた。大通りの車の量は結構あったが、なかなかタクシーがつかまらない。

「圭子、幸せそうだったな」

「そうだったね」

「でも、私たちもわりと幸せだったか」

「そうかもね」

「覚えてないくせに。でも、覚えてなくてよかった。私、いらないことといっぱい話しちゃったから」

若い保育士が、幼い子どもたちの乗った車輪付きのカートを押して、童謡らしき歌を口ずさみながら散歩している。その様子を視線で追ったあと、彼女はつぶやく。

「また会おっか」

彼女がこちらも見ずに、スーツのジャケットの端を摑んだ。

「そうだね」

ボクは約束するでもなく、相槌みたいに応えていた。そのタイミングでタクシーが視界に入り、とっさに手を挙げる。

「うちに帰って、着替えないと。この格好じゃ現場に行けないから」

ジャケットを摑んでいた彼女の指に、自分の指を絡ませる。

「一緒に乗ってく？」

「私、もう暫く散歩していく」

彼女は絡ませた指を、ゆっくりと解いた。

「わかった」

「優香《ゆうか》。優しいに香水の香で優香」

「え？」

「名前くらい訊いてよ」

「ごめん」

彼女に頭を下げ、ボクはタクシーに乗り込んだ。ドア越しに彼女がつまらなそうに、小さく手を振っている。それに応えて手を振った。

彼女と昨日、何を話したのだろう。おぼろげな記憶をたどっていくと、真剣に何かを語る彼女の顔が薄っすらと脳裏に浮かんできた。彼女がわりと幸せだったのならそれでいい。ボクはほとんど何も覚えていないのに、彼女のどこか寂しげな表情だけは、頭にこびりついていた。タクシーが大きな交差点を右折した瞬間、さっきまでこらえていた雨が雨雲から勢いよく降り出した。

目をつむったら、あっという間に寝ていて、運転手の「お客さん、お客さん、目黒のこの辺りだよね?」という怒鳴るような声で、泥みたいな眠りから目醒める。頭痛なんてもんじゃない左側頭部の痛みに耐えながら、辺りを見回す。自宅マンションから三百メーターは行き過ぎていた。ちょうどコンビニの前だったので、グレープフルーツジュースと錠剤の胃薬、ヘパリーゼ二袋を購入した。全部の錠剤をラムネのように頰張り、グレープフルーツジュースで一気に飲み下す。とにかく頭痛が酷《ひど》かった。こういう朝は本当にもうやめにしようと、週に一度、恒例となった誓いを心の中でつぶやく。とどめとばかりに自販機で買ったミネラルウォーターをガブガブとこぼしながら飲む。

ポケットの中の違和感を確かめると、出てきたのはくしゃくしゃのコンビニのレシートだった。ストロング缶を買ったことが明記されたレシートの裏には、「ユカ」という文字が、赤いボールペンで書き殴られていた。鍵を失くしたかと一瞬凍りつくが、財布の小銭入れの中に用心深くしまってあった。朝帰りは珍しくなかった。ただ、くたびれたフォーマルスーツ姿は、いつもの朝帰りより罪悪感と後悔が高まる。そそくさとエントランスを通り抜けようとしたところで、足が止まった。

小学生くらいの女の子がコンビニのビニール袋をソファの脇に置いて、分厚い漫画誌を読んでいる。綺麗に切りそろえられたボブカットに、ごぼうのように細い手足が特徴的だった。前にも、何度か見かけたことがあった。登校拒否だろうか？

もっとも、女の子からは「そうしたいから、いまここにいる」といった感じも受ける。一人がけのソファに浅く座って、足をぷらぷらさせながら、女の子がこちらをジッと見つめている。優香と同じような、真っ黒のシンプルなワンピースを着ていた。

「学校には行かないの？」

自然と声をかけていた。女の子が分厚い漫画誌をパタンと閉じた。

「今日、月曜日だよね？」

恐るおそる訊くボクに、わかりきったことを訊くなよ、といった表情で彼女はため息交じりに吐き捨てた。

「傘がないの。雨に濡れたくないの。いまは雨宿り」

「家に傘ないの？」

「折りたたみ傘、学校だし。お母さんの傘ならあるけど、大きいし、ヘンだから」

「ヘン？」

「色がヘン」

「ビニール傘、あるよ。それに、派手じゃない女の子が使う折りたたみ傘もあるから、貸そうか？」

「いいの？」

「いいよ、全然。どっちがいい？」

「見て決める」

ボクは急いで8階の自分の部屋に戻る。傘立ての中には靴磨きクリームや、番組の小道具として使った木製バットや木刀などのガラクタばかりで肝心の傘がない。靴を脱いで、引き出物の入った袋を玄関近くに放り投げ、部屋の中を探す。ゴミ屋敷とまではいかないが、物が多すぎる。使用済みの仕事の資料、本、サンプルのDVD、CDがうずたかく積まれ、「いま大地震が起きたら、この部屋の荷物の下敷きになって死ぬね、私ら」と天井を眺めながらつぶやいた全裸の女のことを、ふと思い出した。

雑誌の山に埋もれていた女性用の折りたたみ傘と、木刀の後ろに隠れて埃まみれになっていたビニール傘を見つけた。鍵もかけずに、ボクはエントランスに戻った。

「どっちにする？」

彼女は折りたたみ傘を手に取って、開く。

「こっちがいい。可愛い」

女の子は棒読み風に応え、絵本のような街並みがブルーの蛍光色で描かれた折りたたみ傘を選んだ。傘を持ちながらくるくると回ってみせる。黒いワンピースにブルーがよく映える。

「その傘、あげるよ」

「わたしのうち、８０８」

「えっ、うちは８０５だよ」

この子になぜ話しかけ、親切にしているのか、自分でもわからなかった。自分は他人に親切ではないし、社交的でもない。子ども好きでもない。どちらかといえば、子どもは苦手だ。最近は苦手意識がどんどん顕著になっている。けれどこの女の子には、最初から壁のようなものを感じなかった。同じ高さの壁を持った者同士だったのかもしれない。

彼女が折りたたみ傘をもう一度、確かめるようにバサッと開いた。微笑んだ彼女につられ、ボクも微笑んでいた。この光景の不思議さはなんだろう。さっきマンションに着いたときよりも強い非日常感に襲われる。

「その漫画、好きなの？」

「別冊マーガレット。見て、一九九九年八月号」

「一九九九年？」

「お母さんの。うちのお母さん、ずっと別マを買いつづけてるんだよ。ぜったい捨てないの。別マだけの部屋があるの。見にくる？」

「すごいね。ネットで売ったら、かなりの値段がつきそうだ」

ボクは彼女の読んでいた年代物の分厚い別冊マーガレットをペラペラやりながら感心した風を装った。

「わたし、会ったことある」

「誰に？」

「あなたに」

「こっちもだよ。そりゃそうか、同じ階だもんね」

「この傘の女の人にも会ったことある」

「それはそれは」

「それはそれは」

彼女はボクの口真似をして、ニヤニヤしている。

「君、いくつ？」

「十歳」

「小四か」

「小五なんだけど」

「ごめんなさい」

「どうして謝るの？　まあいいけど」

彼女は、笑うのと怒るのとの中間みたいなふくれっ面をして、ランドセルを取ってくると言って、突然のダッシュでエレベーターホールに走って行った。雨音が一段と強くなった気がする。タレントくずれの気象予報士が豪快に予報をハズしていることに、そのとき、ボクはまったく気づいていなかった。

フライドポテトの食べ方ひとつで、相性なんてすべてわかる

書きかけのメールを送信できず、スマートフォンに保存された言葉が増えていく。その言葉だけが、ボクの中に残された数少ない本当のような気がした。ボクは時々、スマートフォンに眠っているその数少ない本当を取り出してみたりする。

「行かないでほしい」

それを打ち込んだときの気持ち、相手との関係はもうおぼろげだが、それは紛れもなく「本当」のように思えた。そんなとき、つくづく自分が嘘の結晶のように感じられた。

8階の部屋に戻るとすぐ、ベッドに潜り込んだ。猛烈に気だるかった。クーラーの設定温度を十九度にさげたが、部屋は蒸し暑く、まだ酷い頭痛は治らない。眠いのに寝付けな

い。昨日の夜、一緒にいた彼女との会話を思い出そうとするが、欠片《かけら》も思い出せない。さっきまで本当にいた彼女は、すこし低い声だった。まもなくそれも幻か嘘になるのだろう。

エレベーターホールで女の子と別れたばかりだからか、ベッドの中で微睡《まどろ》んでいると、中学生時代の夏の記憶が再生され始めた。その記憶は特別なものではない。早まわしで再生したいくらい、たまにふと思い出す光景だった。

同じクラスに母親がスナックをやっている母子家庭の男子がいた。スナックの店名は『グランシャリオ』といった。変わった名前だなと思い、何度か口に出していたら、覚えてしまい、忘れられなくなった。開店前のまだ薄暗い『グランシャリオ』の重い木製のドアを開ける。色とりどりの果物の入ったショーケースに蛍光灯のライトが青白く当たっていた。ボクは忍び足で「おじゃまします」と怖いくらいの暗がりの店内を通り抜けていく。革張りのソファに大人の女性が顔を傾け、しどけない姿で熟睡している。彼女を起こさないようにして、酒のボトルが敷き詰められた階段を上がっていった。

「おせえよ」

2階の子ども部屋でホクトが、シューティングゲーム『ゼビウス』と格闘しながらボクを迎え、コントローラーのAボタンを連打している。気持ちのいい電子音がする。

「一機死んだら交代な」

ボクがいつものルールを伝えると、それが合図みたいに「あー」というホクトの声が洩れ、テレビのブラウン管から電子音の爆発が聞こえた。

喉が渇いていたので、ホクトの前に置いてあった氷の溶けきった麦茶をガブ飲みした。思いっきり水道水のカルキ臭がする。袋が豪快に裂けたポテトチップスも、ポリポリと勝手に食べる。

「それ食っていいからさ。いまのなしな。いまからもう一回」

「お前なあ。それにこれ、しけってるんだけど」

「文句言うなら、食うなよ」

ホクトは画面から目をそらすことなく、口元に笑みを浮かべた。彼はすべての人間関係に先手を打つようにして、不登校を決め込んでいた。あの頃、『グランシャリオ』の2階に引きこもるホクトのことが、どこか羨ましかった。ボクは学校では冗談といじめの間のような仕打ちを日々ガマンしていたが、自分には不登校という選択をする勇気がなかった。家に帰ったら、当たり障りのない今日あった出来事を選んで親に話し、何の問題もないふりをする。早々に自分の部屋に上がり、布団に包《くる》まり、ポケットラジオにイヤフォンをさし、いろいろな局にチューニングを合わせていた。

ホクトが学校へ来なくなってどのくらい経ったときだったか、週に一度、プリント物を届けることが、ボクの担当になった。特に仲がよかったわけではない。帰りの道沿いにホクトの家があった、ただそれだけの理由だ。

ホクトは『グランシャリオ』の2階に自分の城を築きあげていた。地域や世間的には「金持ちだけど水商売の母子家庭」と後ろ指をさされ、白い目で見られていたらしい。それでもボクには、城を築いて我が道をいくホクトが眩しく映った。世界に背を向けているホクトに会い、『ゼビウス』をプレイする『グランシャリオ』の2階は居心地が良かった。少なくとも学校や自宅よりもずっと。

「ごめんね、来たとき、おばさん気づかなくて。ソファで寝ちゃってたわ」

ホクトのお母さんは、青い蝶が何匹も飛びかうイラストがプリントされた薄い白地のワンピース姿で、麦茶とポテトチップスをお盆にのせて持ってきてくれた。

「あ、すみません」

「ありがとうね。いつも届けに来てくれて。この子、ゲームばっかやってるでしょ。パイロットにでもなるつもりかしら」

「うるせえな」

ホクトは母親には、ぞんざいな口をきいた。

「親に向かって、そんな口のきき方はないでしょ」

そう言いながら、ホクトのお母さんはかがんで、ボクの前に麦茶の入ったグラスを置いた。下着をつけていない胸元が露《あら》わになる。グラスの中の氷がカランと涼しげな音を立てて、一層深く沈んでいく。ホクトのお母さんの胸元はすこし汗ばんでいるように見えた。

電子音の爆発音とともに「あー」とホクトがまた悔しそうな声をあげ、コントローラーを放り投げ、ボクの麦茶をぐびぐびと飲んだ。

「銀行強盗のニュース見た?」

ホクトは居座る母親を無視してボクに話しかける。

「見てない」

「学校にちゃんと通っている子は見てないわよねえ」

ホクトのお母さんは正座を崩して、片膝を立てた。

「スカートの中、見えてる」

ホクトがため息まじりに言う。

「見えないわよ、見えたって誰も見ないでしょ。だって暑いんだもん」

ホクトのお母さんは、おおらかで、いやらしかった。体を動かすと、石鹼と香水と汗が入りまじったいい匂いがした。

「いま銀行に強盗が立てこもっているんだ」

ホクトはベッドに横になり、枕に頭をあずけて、そうつづけた。

「えっ、いま?」

「うん。ワイドショーが、ずっと中継してる」

「さっきラジオで警察が突入するみたいなこと言ってたわよ」

ホクトのお母さんがリモコンで、テレビのチャンネルを切り替える。画面は時代劇になり、テレフォンショッピングに替わり、立てこもり事件の生中継にたどりついた。外の世界では、いろんなことがひっきりなしに起きている。警察はまだ突入していなかった。

「犯人は人質をひとりだけ残し、あとは全員解放して、立てこもってるんだって。人質で残ったのはたまたま居合わせた客で、自分がひとり残るって言ったらしいんだ」

ホクトはいつになく饒舌で、話すピッチは上がっていった。

「俺もあそこにいたら、絶対同じことをしたと思う。ほかの人の代わりに、俺ひとりが人質になる」

「なに言ってるの、この子は」

ホクトのお母さんが呆れた口調で言う。

「俺が身代わりになって、他の人の命が助かるんだったら、俺が死ぬよ」

「なんで、おまえひとりが犠牲になるんだよ」

ボクは少し強めの口調でたしなめる。

「誰かが死なないといけなくなったら、って話だよ」

「そんなこと起きないよ」

「いま目の前で起きてるじゃん」

ホクトは証拠を突きつけるようにブラウン管のテレビを指さす。

「大丈夫。そのときは、お母さんも一緒に残るから」

「嘘つくなよ」

ホクトが吐き捨てるように言う。

ホクトのお母さんはホクトを無視し、ボクに向かって「ゆっくりしてってね」とだけ言い残し、鼻歌を歌いながら1階に降りていった。

ホクトは、母親が出ていったドアに向かって枕を放り投げ、しけったポテトチップスをガサッと摑み取り、豪快に食べた。ボクは何事もなかったようにテレビをゲーム画面に戻し、『ゼビウス』を始める。部屋の中はまた電子音に包まれる。

ホクトの部屋の本棚には、漫画の単行本が几帳面に並んでいた。歯抜けの巻数はなく、折れ曲がった部分も一切なかった。ただ壁掛け時計の秒針は、行ったり来たりを繰り返し、調子が悪そうだ。ひぐらしの鳴き声が窓の外から聞こえていた。グラスに付いた水滴がキラキラしている。ベッドに寝転んだホクトが天井を見ながら、「いまさ、世界中の核爆弾を全部集めたら、何回人類を滅ぼせるか知ってる?」と訊いてくる。

「一回滅亡したら、それで終わりじゃん」

『ゼビウス』に夢中になりながらおざなりに答えると、ホクトはボクに背を向けて、しばらく何も言葉を発しなかった。そして何かを吐き捨てるように、壁に向かってぶつぶつと言葉をつぶやいている。何と言っているのかはわからない。静かに鼻をすする音が聞こえた。泣いているのかもしれない。ボクは気づいていないふりをして、強めにAボタンを連打しつづける。「あ、あ、あー」と『ゼビウス』に集中してみせた。

店は開店していないはずなのに馴染みの客がいるようだ。陽はまだ暮れていなかったが、どこかで引っかけてきたのか、客の男はすでに出来上がっていた。声のトーンから子どもでも酔っ払っているとわかった。ホクトのお母さんを温泉旅行に熱心に誘っている。男のダミ声が、1階で焚いている蚊取り線香の匂いとともに2階の子ども部屋まで運ばれてくる。突然、男の怒鳴る声がして、ホクトは両手で顔を覆った。ボクはとっさにリセットボタンを押す。1階も静かになる。そのあとの会話は聞こえなかった。しばらくすると、カラオケのイントロが聴こえてきて、知らない演歌の曲を男が歌い始めた。

記憶の映像は、いつもここでフィルムが映写機で空まわりするように断ち切られる。ホクトは夏が終わっても、登校してこなかった。最後に会ったのが、いつだったか、どんな話をしたのか覚えていない。あの日の『ゼビウス』の電子音、銀行の立てこもり事件と人質、ホクトがイライラしていたこと。記憶の中では、年代物の扇風機がカラカラと音を立てていた。まだらにしか思い出せない夏の日の一日。

まだらな記憶は、嘘と勘違いで補われているのかもしれない。記憶の断片は再編集され、あったことがなかったことになり、なかったことがあったことになる。二倍速か三倍速で『グランシャリオ』の記憶が再生され、ボクは深い眠りに落ちていった。

スマートフォンの呼び出し音が、ずっと鳴りつづけている。うつ伏せで寝ていたボクは、音のするほうを目も開けずにまさぐってみたけれど、音の発信源は見つからない。起き上がる気力はゼロというよりもむしろマイナスで、呼び出し音をBGMに職場への遅刻の言い訳を考える。むかし三、四分遅刻しただけで、クライアントに存在を全否定されるようなイヤミをネチネチと言われたことを、ふと思い出す。そのあと、請求書を差し出したら、目の前でビリビリと破かれるといった、ベタなドラマのワンシーンみたいな出来事へとつづいた。遅刻の言い訳を何パターンか思いついたが、だんだんバカらしくなってきて、考えることをやめた。

8階でも雨音はかすかに聞こえる。雨足は強く、まだやんでいないようだ。このまま夜まで眠りたい。そう思った途端、尿意に襲われる。生きているのは、なんだか本当に面倒だ。

重たい頭を抱えて起き上がり、トイレに向かうと、脱ぎ捨てたフォーマルスーツの下で、スマートフォンが光っているのを見つける。確認してみると、案の定、アシスタントから三度の着信があった。

一通目のメールは「相談したいことがあります。出社予定は何時ですか?」とあり、二通目は「起きてますか?」で、三通目は「生きてますか?」に変わっていた。時計を見ると、まったく大丈夫ではない、絶望的な時間になっている。朝よりも昼よりも夜に近い時間帯だった。

　テレビを点けると新人バンドが司会者に促され、いままさに演奏しようとしている。まだ十代であろうボーカルが、大げさに深呼吸し、ギタリストと目を合わせる。演奏が始まり、サビにさしかかったところで、番宣で何度も流れていたドラマの主題歌だとやっとわかった。ちょうどそのとき、また着信があり、出なければいいものを、つい出てしまう。

「はい」

　テレビの音量を下げず、がなるように歌う十代のバンドマンたちを見ながら、かなり具合の悪そうな声で応えた。

「やっと出た。死んでんじゃないかと噂してましたよ」

「死んでたよ」

「でも、いま生き返りましたね」

「生き返らないほうが良かったのかもなあ」

「またそんな現実逃避しないでくださいよ。今日は何とかなりましたけど、明日の人事ミーティングはお願いしますよ」

「やっといてよ」

「やっといてよって、面接もあるじゃないですか。俺らじゃ、無理っすよ」

テレビではギタリストが、恍惚の表情を浮かべて跳んだり跳ねたりを繰り返している。

「俺らもさ、バンド組んで、奇跡的に一曲当てて、才能がないことがバレないうちに、そのカネ持って南の島とかに逃げよう」

「今日はいつになくつづきますね、先輩の現実逃避。俺らは、もうそんな夢を見たり、語ったりできない歳ですよ。普通にしましょうよ」

ボーカルが曲の終わりに合わせて大きくジャンプして、演奏はやっと終わった。スタジオが明るくなって、司会者が拍手をしながら、彼らに近づいていく。

「いやあ、すごい迫力、疾走感もハンパないねー」

お笑いが本業の司会者は、ふたまわり以上年下のバンドマンたちを絶賛し、彼らの背中に手をまわし、素早く本来の立ち位置に修正した。すかさずドラマのタイトルのテロップが画面に映る。その文字を打ち込んだのは、他でもないボクだった。

「いやあ、すごい迫力」

司会者は話すことがないのか同じ言葉を繰り返した。あのテロップはここで、こんな風に使われるのか。工場のようなところで仕事をしていて、納品したものがどこで、どのように使われるか把握しきれないまま、二十年以上が過ぎていた。司会者はバンドマンたちをベタに褒め、彼らには輝かしい未来が待っている、と予言してみせた。

「明日の面接官、普通っぽい服装でお願いしますね」

アシスタントは業務連絡をしっかり伝え、電話を静かに切った。

「普通っぽい」

どうでもいい予定をメモするみたいに口にしてみた。


「普通でいい」「普通がいちばん」「普通になりなさい」

これは母の口癖で、初めてはっきり意識したのは、高校三年生のときの三者面談だった。進路に何の希望も展望もなく、担任の教師は「三者面談の前にご両親と話し合って、志望校と将来やりたいことを考えておくように言っておいたんですが、息子さんは何もないらしく、積極性も低くて……」とボヤいた。母は「普通でいいって、うちでは昔から言っているんですけどねえ」と小突くような視線をボクのほうに向ける。

「普通って、なに？」

ボクは疑問に感じて、ぶっきらぼうに訊いてみた。母はこれが模範解答よ、と言わんばかりに淀みなく答える。

「ちゃんとした大学に行って、潰れない大きな会社に就職するか公務員になって、ちゃんとした家のちゃんとした女の人と結婚して、子どもを作って、健康で幸せに暮らすこと。いま挙げたのはどんな親でも子どもに願うことで、これが普通ってことなの」

公務員である都立高の担任は模範解答を実現し、持ちあげられてうれしかったのか、ニヤついていた。

何ひとつあのとき母が列挙した「普通」を実現していない。かろうじて健康だけは普通かもしれないが、ここ最近、舞台セットに使う木材が上から落ちてきて顔面を直撃し、左まぶたを四針縫った。内臓疾患も見つかり即入院という事態も起きた。健康も普通ではなくなってきている。

ベッドの上で奇跡的に押しつぶされずに放置されていた眼鏡をかけ、洗面台で口をゆすぐ。薄く血の色がついた水を吐く。歯医者に予約を入れようと思いながら、半年はゆうに経っていた。洗面台の鏡に顔を近づける。鼻のまわりの皮脂をつまむ。開いた毛穴、無精髭。無印良品の洗顔料をつけて、ぬるい湯でじゃぶじゃぶと顔を洗った。

朝から錠剤以外、何もお腹に入れていなかった。外で何か食べようかと、洗面台横の小窓を開けて雨の様子を確かめる。すると見覚えのある女ものの折りたたみ傘が、点字ブロックの上を行ったり来たりして、マンションへと吸い込まれていくのが見えた。

あの子だ。ボクはなぜかもう一度彼女と話がしたくなった。サッと髪を整え、丸まっていたTシャツに袖を通し、ジーンズを穿いて部屋を出た。

学校からの帰りにしては遅いなと思いながら、エレベーターで降りてエントランスに着く。女の子は今朝と同じくソファに浅く腰掛け、デジャブのようにまた分厚い漫画誌を読んでいた。唯一違うのは、雨に濡れた折りたたみ傘がソファの横にちょこんと置かれてあることだ。気配を消しながら、彼女に近づき、あと三メートルくらいのところで気づかれてしまった。

「あっ」

一瞬、分厚い漫画誌を閉じる。彼女は足を組み替え、ボクは正面のソファに腰掛けた。

「学校からの帰り、遅くない？」

「仕事からの帰り、早くない？」

口が達者なようだ。

「今日は、まあそのあれで、諸般の事情により臨時休業」

「わたしは遅刻したけど、サボらなかったんですけど」

エラいでしょ、といった表情を浮かべる。表情がころころ変わる子だ。

「ショハンノジジョウって、大人の事情ってこと？」

「そういうことになるかな」

「それって、ズル休みじゃん」

「ちがうよ。昨日の夜、仕事のつきあいがあって、帰りが遅かったから……」

「ふ〜ん」

何かを見透すようにそう言うと、女の子はもう一度、別マを読み始める。もうわかったから黙ってて、といった感じでページをめくる。色白で、目鼻立ちもそこそこ整っていて、気が強そうで、テレビ業界的に言うと「取り扱い注意」の匂いがする。

「このエントランスは、君が落ち着ける図書室みたいな感じ？」

「うちは散らかっていて、ここは広いから」

女の子の意識は漫画に九十パーセント、ボクには十パーセントくらい分配されているように見えた。

「秋吉《あきよし》さん、傘、ありがとう」

漫画を読みながら、女の子は会話をつづけた。

「どうして苗字を知っているの？」

「そこの集合ポストに書いてあるじゃん。『まっすぐにいこう。』の登場人物と同じ名前で、すこしウケた」

彼女はそう言って、別マの表紙の中のタイトルを指差した。

「集合ポストの名前をぜんぶ見たけど、漫画に出てくるのは秋吉さんだけだった」

このエントランスはこの女の子にとって、あの頃のボクにおける、ホクトの部屋みたいなものなんだろうか。

「お腹、減った」

女の子は分厚い別マを閉じ、伸びをする。

「こっちもいま、外で何か食べようと思っていたところなんだけど」

「わたし、千円持ってる。秋吉さんはいま、何が食べたい？」

「雨まだ降ってるし、モスにでも行こうかと」

女の子に訊かれ、道路の反対側の看板が目に入って、咄嗟にそう答える。

「わたしはコメが食べたい」

「だったらライスバーガーにすれば？」

「はあ？」

「じゃ、ないよね」

「てか、なんか一緒に食べることになってない？」

「ごはんは誰かと一緒に食べたほうがおいしいけどね」

「給食のときはそう思わないけど、それ以外だったら、誰かと一緒のほうがおいしい」

「行こうか」

「別にいいけど」

そんな風にして、モスバーガーへ一緒に行くことになった。

集合ポストの横を通りかかったところで、気になっていたことを訊いた。

「そうそう、802号室だっけ？　名前は？」

「ちがう、808」

「808か。ごめん」

「わたし、自分の名前があまり好きじゃないんだけど」

「そう言われちゃうと、訊きにくいな」

「アキナっていうの」

「アキナって、中森明菜のアキナ？」

「おばあちゃんと同じこと言ってる」

「おばあちゃんと同じかあ」

「その明菜と、同じ漢字のアキナ」

外に出ると、それぞれ傘をさし、並んで女の子——明菜と歩く。

モスバーガーでオーダーしたのはライスバーガーではなく、ふたりともテリヤキバーガーで、フライドポテトとアイスティーを頼んだ。番号札を持って窓際の席を選び、向かい合って座ると、エントランスのときにはなかった照れ臭さが生まれる。

「モスにはよく来るの？」

とりあえずボクは日常会話を心がけた。

「たまに」

「お母さんと？」

「ひとり」

会話がすこしぎこちない。注文したものが届くと、明菜は「いつもやっていること、やっていい？」と訊き、ボクが答える前にトレーの上にフライドポテトをザーッとぶちまけた。

「あー、発明だね」

一本つまんで、彼女のしたことを褒める。

「はあ？　大げさなんだけど」とツッコまれる。

「猫舌？」

ボクはひるまず質問する。

「それ、わからない」

明菜がニコッと笑ってくれたのを見て、緊張の糸がすこしだけ緩《ゆる》んだ。

☀

ふいに明菜が、訝しげな目で窓の外を見た。ボクも視線をやり、ギョッとした。モスバーガーのガラス窓に顔を寄せて、白いTシャツをジーンズに突っ込んだ、やけにスタイルのいい女がこちらを凝視している。彼女の後ろの路肩には、赤ワイン色のロードスターが停められていた。今朝別れたばかりのあの彼女だった。向こうのほうが先に気づいていて、ペロッと舌を出すと、店内に躊躇なく入ってきた。ボクは思わず席を立ち、ふたりの間に入る。

「めっちゃ偶然」

「あー、久しぶり」

ボクはたどたどしく、おどおどして取り繕いながら、明菜の冷ややかな視線を感じる。

「朝からの、久しぶり。私の名前、覚えてる？」

「いや、そりゃ」とボクの語尾が絡まる。

明菜はそんなやりとりを掻き消すように、ズズズと音を立ててアイスティーを飲み干す。

「家族サービス？」

彼女は冷笑を浮かべながら質問してくる。やけに甘ったるい香水の匂いがした。どこか遊びにでも行くのだろうか。クルマといい、香水の匂いといい、朝別れたときよりもアクティブな印象に映った。

「いや、そういうことじゃなくて、どう説明すればいいのかな……」

隠す必要はまったくないのに、ボクは癖で、しどろもどろになる。

「おいくつですか？」

彼女は明らかに明菜がボクの子どもだと勘違いしている。

「十歳」

明菜はアイスティーのストローを噛みながら答えた。

「そうなんだ……」

彼女がニヤつきながらこちらを見る。

前かがみになって、トレーの上にぶちまけられたフライドポテトを一本つまんだ。わかりやすく胸の大きさが強調される。

「私も一緒にこのテーブルで食べてもいい？」

彼女はボクでなく、明菜に訊く。明菜の答えを待たず、ボクを明菜の横に座らせ、自分は正面に座った。

「はじめまして。お父さんの知り合いの優香です」

ボクは彼女の名前を思い出す。優香は仮面を取りかえ、男向けの表情から、女の子向けの親しみやすい笑顔になっていた。

「わたしは、えっと……この人と同じマンションに住んでいる人です」

「この人？　同じマンションに住んでいる人？」

「そう、同じマンションに住んでいる人。でも、違う部屋。この人とは今日の朝、初めて話したばかり。明菜です」

「明菜ちゃん、かわいい名前だね。このおじさん、お父さんじゃないんだ。危ない大人がいま多いみたいだから、気をつけようね」

「おい、自分はちっとも危なくないよ」

「だって。でも、気をつけようね」

優香は茶化すようにそう言って、もう一本、フライドポテトを口に運ぶ。

優香のくだけた雰囲気に、明菜の表情が和らいで、ニヤニヤしながら、ボクの顔を見る。

「明菜ちゃん、飲みものとか何か欲しかったら買ってくるけど、いる？」

「大丈夫です」

優香はバッグから派手なピンク色の財布を取り出し、注文カウンターへ向かった。明菜は優香の後ろ姿を見つめ、姿が見えなくなった頃を見計らって訊いてくる。

「知り合いって、どういう知り合い？」

明菜が疑いの目を向ける。十歳でも、そつがなく、まだ知らなくてもいいくらいに大人びている。

「昨日、知り合いの結婚式の披露宴で初めて会って、すこし話しただけだよ」

ボクの説明にひとつも嘘はない。でも、本当のことでもないような気もする。

「へー、キレイな人」

注文カウンターに行った優香が、笑顔を浮かべながら手ぶらで帰ってきた。

「やっぱ、注文するのやめた。飲み物あるし」

優香はバッグの中から、小さい水筒をチラッと見せた。

「いいの？」

明菜が真っ当なことを訊く。

「ハーブティー、飲む？」

「テーブルの下でやれよ、下で」

ボクは水筒を渡そうとする優香を制して、テーブルの下から明菜に渡した。

「明菜ちゃんの横の、その雑誌、もしかして別マ？」

席に座る直前、目に入ったのか、優香が訊く。

マンションのエントランスで読んでいた別マを明菜は小脇に抱えて、モスバーガーに持って来ていた。

「別マです」

「へえ、いまの子も読むんだ」

「これ、うちのお母さんの。お母さん、ずっと買いつづけていて、別マだけの部屋もあるんです」

明菜は今朝、ボクに話していたことを復唱する。

「すごいねえ。見てみたいな、その別マ部屋」

優香がそう言うと、明菜はちらっとボクを見る。すこし得意げでうれしそうだ。

「明菜ちゃんのお母さんって、実は漫画家さんとか？」

「違います。別マはお母さんの趣味。でもわたしも好き。人と話さないでいいし、いまの漫画より、心がこもっていると思う」

「心がこもっているって、いいね。そうか、最近漫画読んでないなあ。ステキなお母さんだね。今日はお母さんはお出かけ？　お仕事とか？」

「お仕事……。美容師の仕事。夜遅いし、朝も早い。お母さんの店はふたつあって、いつも忙しいの」

「それで今日はマネタイズの番組を作っている人とモスバーガーなんだ」

「えっ、マネタイズって、あのマネタイズ？　秋吉さんって、テレビ局の人？」

明菜が早口で素っ頓狂な声をあげる。ボクを見る目が、かなりわかりやすく変わる。

「テレビ局とは、ちょっと違うんだけどね……」

「明菜ちゃん、秋吉さんはね、テレビ番組以外でもマネタイズと、ビデオとか作ってるんだよ。こんな見た目だけど、実はちょっとすごい人なんだよ」

「こんな見た目だけどって……」

「すごい！　わたし、マネタイズ、大好き」

「明菜ちゃんも好きなんだ。私も！　大島いいよね」

「わたしは斉藤が好き」

「そっちか。でも大島のほうがイケメンじゃない?」

「イケメンかどうかで見てなかった」

「そうなんだ。学校の友だちは、大島好きな人、多くない?」

卓球のラリーのように小気味よくつづいていた会話が、ここで途切れる。明菜は優香の質問の答えを知らないのか、すこし冷めた表情に戻った。学校でうまくやれていないのか。いじめられていそうな感じはないが、友だちは少なそうだ。学校の話は明菜にはNGなのかもしれない。

「マネタイズの番組を作っているといっても、ボクの場合はテレビ局の下請けの制作会社で、テロップや小道具とか雑用係なんだ」

明菜に助け船を出すように、ボクは飲み会の自己紹介のような話をしている。つづいて幹事みたいに場を仕切り、優香に訊く。

「そう言えば、優香さんは仕事、何してるの? お友だちみたいに、実家が何かの老舗とか?」

「本当にあなたは何も覚えてないんだね」

優香が呆れたように言う。

「老舗ではないけど、その界隈では、そこそこ古いかな。古いだけの店だよ」

優香は他人事みたいに答える。

「その界隈って？」

ボクはつづけて訊く。

「いいじゃん、そんなこと」

秒で会話は強制終了になった。仕方ない。誰でも立ち入り禁止区域はある。

「学校はあまり好きじゃなかったな。私、向いてないんだよね、集団行動」

優香がさりげなく学校の話に戻す。

「ボクも学校は好きになれなかったし、学校のほうもボクを好きじゃなかったと思う」

「学校が好きな人っているんですか？」

明菜は即座に反応した。

そのひと言に百パーセント、同意できる自分がいた。

「わかるかも」

優香も乗ってくる。

「私はみんなと一緒のノートを使わないといけない、みたいなところから、まずダメだった」

「わかる」

頬杖をついた明菜は、トレーの上のポテトを食べる手をやめない。

「わかる」は明菜と優香の口癖みたいだ。ふたりとも相手に合わせる感じの「わかる」ではなく、本当にそう思ったときにしか言わない、信用できる「わかる」な気がした。トレーを見ると、フライドポテトはあらかた明菜と優香が食べ尽くしていた。

「雨もやんだし、いまのうちに帰ろうか」とボクが提案して、店を出ることにした。

モスバーガーの入り口で「マンションまでクルマで送っていこうか？」と優香に訊かれたが、「すぐそこだよ」とボクは断った。

「そっか。じゃあ、行くね」と優香は言って、赤ワイン色のロードスターに颯爽と乗り込む。ド迫力のエンジン音を鳴らし、運転席のウインドウを下げた。

「明菜ちゃん、楽しかった。ありがとう」

「わたしもです」

明菜は小さく頭をさげる。

「連絡するよ」

ボクがそう言うと、「どうやってよ」と笑いながら優香は応えた。

「アドレス聞いてなかったっけ？」

「知らない。探してみてよ」

優香はそう言うと、ウインドウを上げた。それから明菜にもう一度手を振ってから前を向いて、爆音とともに発進した。

赤いワイン色のロードスターが坂をくだり、あっという間にテールランプが豆粒ほどの大きさになる。ボクは振り返って、マンションのほうに歩き出そうとするが、明菜はロードスターが信号を左折して見えなくなるまで、無言でずっと見つめていた。

相手のすべてを知って、幸せになった人はいますか？

スマートフォンの呼び出し音は、「さざ波の音」にセットしている。呼び出し音というものは、それがどんなに癒しの音だとしても、不快さは拭えない。さっきから何度もしつこく「ザザー　ザザー」と鳴りつづけている。

気づくとソファで寝落ちしてしまっていた。ソファで寝てしまうと、疲れが抜けず蓄積される。四十を超えてから、やたらと疲れるようになり、筋力も体力も明らかに落ちている。この間、「人生百年時代、五十はまだ折り返し地点」という元気溌剌な広告をタクシーの車内で見かけたが、通販の商品説明書みたいに「※　ただし、すべての人に当てはまる事象ではございません」と小さな級数でいいから、書いておいてほしい。

眠るためだけにあるこの部屋で、実際あらかた寝ていたのにまだ起き上がれず、ソファで横になっていた。睡魔にまた襲われながら、途切れ途切れに夢すら見てしまう。断片的なその夢の中でも「さざ波の音」が流れ、仕方なく電話に出ると「さざ波の音」はまだ鳴りつづけている。なんだこれは夢だったのかと気づき、改めてスマートフォンに出る。そんな夢を見たあと、目を半分だけ開けて、再度、音のなるほうに手を伸ばした。これもまた夢かもしれない。

「おー生きてたか」

「なんだよ」

半覚醒状態で無防備に応えてしまった。

「なんだよとは、なんだよ」

ディレクターの大関だった。

「ああ、すみません。夢見てました」

「いきなりで悪いんだけどさ、お前には伝えておこうと思ってな。オレ、癌《がん》だから。病気の癌」

「えっ？」

「背中が前からずっと痛くてさ、町医者から出してもらった湿布と鎮痛剤で誤魔化してたんだけど。て言うか、誤魔化しきれず全然痛かったんだけどさ。さすがに我慢できなくなって、今朝、大学病院に行ったわけ。そしたら膵臓癌。ステージ4の特上の松で末期らしい。即刻入院だって。末期癌にも松竹梅ってあるんだな」

「あの……」

大関の話の重さに一気に脳みそが覚醒したが、言葉がうまく出てこない。

「だから、一緒に仕事ができなくなる。お前、目黒だしさ、病院から家に入院用の荷物を取りに戻るとき、近いから直接言いに行こうと思ったんだけど。お前のところ幽霊マンションじゃん！　縁起悪そうだから、やめたよ」

大関はそう言うと、ガハハと腹から声を出すような、いつもと変わらない大きな声で笑った。

「ちゃんと人が住んでますって！」

「若い女の幽霊が出るってロケで使わせてもらったよな」

「無理やり大関さんがうちのマンションを、その設定にしたんでしょうが！」

「そんなことより、昨日発売の週刊現在読んだ？」

「そんなことより、いまは治療に専念してくださいよ」

「そんなことより、いまは週刊現在なの！　ついにF‐1グランプリが発表になったんだよ！　お前、F‐1知ってる？」

「……セナですか？」

「いつの時代の話をしてんだ、お前は。テレビマン失格。アンテナをビシッと立てろよ、ビシッと！　F‐1といえば、『全国風俗嬢選手権F‐1グランプリ』だろうが。まあいいや、話はここからよ。そこにお前の愛しのハニーが出てるぞ。いまから写真送るから」

「どういうことですか。とにかく、いまは病気を治すことに専念してください」

「大関シックスセンスが、オレはまだまだ大丈夫だって言ってるから大丈夫。それよりF－1なんだよ」

それが強がりなのか、いつもの道化なのか、よくわからなかった。でも、大関はいい加減なように見えて、生真面目で几帳面でもあり、いま関わっている仕事仲間全員に電話をしているはずだ。だから自分の病状を、大関が冷静に受け止めていそうで、ボクにはそれが怖かった。

「見舞いに行きますよ。なにか必要なものとかありますか？」

「そんなのいいよ。お前も気をつけろよ、若くないんだから。まあ、ステージ4の松に言われたくないだろうけどな」

そう言ってもう一度、豪快に笑った。

「んじゃな」

いきなりブツリと電話は切れた。暗い想像で頭の中がいっぱいになる。ボクの後ろ向きの大関に対するシックスセンスは、どうか外れてほしい。

スマートフォンの充電がもうほとんどなくなっていた。部屋が静まりかえって、やっと雨音に気づく。一度気になってしまうと、雨の音は正体不明の足音のように不規則にどんどん大きくなっていくようだった。窓から外を眺めると、夜景が滝の向こうにあって歪んでいるように見える。たしか夜遅くにかけて大雨注意報が出ていた。子どもの頃、雨がこんな風に暴力的に降ったことは数えるほどしかなかったはずだ。ネットのニュースによると、これからは春と秋が極端に短くなり、長い夏と長い冬だけになるらしい。ピカッとカメラのフラッシュのように、空が一瞬だけ光った。

乾燥した唇のざらついた皮を舌で舐めると、ケチャップとフライドポテトの油の味がかすかにした。

「さざ波の音」がまた流れ、すぐに切れる。メールの着信を知らせ、大関の名前が画面に表示されている。件名は「愛しのハニー」とあり、週刊現在の表紙画像が添付されている。

「決定！　F－1グランプリ！　全国ナンバーワン風俗嬢は彼女だ！」

メールの最初に「F－1のFは、フォーミュラではなくて、フーゾクのFです！」とご丁寧に書いてあった。

そのあとも画像が一枚ずつ届く。二番目の件名は「五反田」で、三番目の件名は「マーメイド」、最後は「反則！」だった。画像はF‐1グランプリを受賞した人気風俗嬢が店名の入ったシールを裸体の胸元と太ももに貼って、巧みに顔を隠して様々なポーズをとるグラビア写真だった。最後の一枚でやっとその風俗嬢の顔が明らかになる仕掛けだ。

「えっ？」

見覚えのある顔だった。思わずスクロールしていた指が止まる。拡大すると「五反田マーメイド　ユカ」と書かれてある。「この子、昨日の反則だろ？　人魚捕獲！」と最後のメールには末期癌の宣告を受けたばかりとは思えない本文がついていた。

「おいおい」

心の声が音になって、だだ漏れする。大関から「追伸」という件名のメールが届く。

「新婦が、新郎にチクったらしい。あの新郎と新婦、やっぱり最悪だよな。ステージ4の松より！」

寝起きの脳みそがうまく情報を処理しきれない。とにかく大関からの連絡は、悪夢のような現実を余すことなくボクに知らせてくれた。

「早く元気になって、一緒に五反田マーメイドにでも」と途中まで打ち込んではみたものの、無難な着地点が見つけられず、文章をすべて削除した。

大関の末期癌、五反田マーメイドのユカ。事実を突きつけられても、どちらもまったく現実味が湧いてこない。それでも試しにスマートフォンのＧｏｏｇｌｅに「五反田マーメイド」と打ち込むと即座にヒットした。Ｆ－１グランプリを受賞した直後だけあって、ユカはサイトのトップに大きく出てきた。もう一度、まじまじと確認してみる。「ユカ」は優香で間違いなさそうだ。窓を打ちつける雨が激しくなり、夜景は一層歪み、やむ気配はまったくなかった。いまは余計なことは考えないで、ベッドでもう一度寝てしまおう。スマートフォンを充電器に接続させる。鉛のように重くなった体を引きずって、寝室を目指した。

次の日は中途採用などの人事ミーティングと雑務だけで仕事は済んだ。その週は奇跡的に早めの時間に仕事が片づいた。もっとも、テレビ局の下請けには働き方改革はまだ届いてなくて、どんよりと重めの十二時間労働ではあったが。

赤坂の仕事場を出たときは、九時をちょっとまわっていた。アシスタントに車で送ってもらって、目黒に着いたのは十時手前。平日なのに、道は何かの反対デモで、車線を一本占領されてしまっていて、渋滞気味だった。

マンションに戻って荷物を置き、アプリでタクシーを手配し、ソファに積まれた洋服の山から服を見繕って、支度を素早く済ませた。

今日もまた夕方から雨が降っている。多摩川が増水したという不穏な写真が、SNSで拡散されていた。鬱陶しい空気がボクの体の隅々にまで、まとわりつく。昨日の夜、五反田マーメイドのホームページに今晩十時半でユカに予約を入れた。ユカの予約は、その時間帯以外、すべて埋まっていた。披露宴の二次会の帰り、ボクたちはひと晩中歩き、酔った彼女はボクに何を話したのだろう。

「私は忘れられないかもな」

あの朝、彼女はそう言った。彼女ともう一度話し、彼女のことが知りたくなっていた。大関からその後、電話もメールもなかった。見舞いに行こうと思いながら、ためらいと戸惑いがあって、行けずにいた。

五反田マーメイドのホームページには、女の子それぞれのブログがアップされている。他の女の子は、「今日は朝から入店しています」といった事務的なことか、定型文からコピペしてきたような「いかにも」なセールストークが書かれているだけだったが、ユカのそれはリアルで日記風だった。初めて会った次の朝にアップされたブログに添えられた写真は、あの朝のファミレスのマグカップで、内容も意味深に綴られていた。

「またね」は「さよなら」と一緒の意味かな。「今度、いつにする?」その言葉に私はいちばん愛を感じる。「好きだよ」よりも愛を感じる。誰かにとっての必需品になりたいな。また会えるかな？　あっ、これ特定のだれかとかではないです笑。恋がしたい！　今日はラストまでがんばります！　予約待ってるね♡

ボクの日常は、嘘とままならないことで埋めつくされている。つまりそれはボクが生きているという証拠かもしれないが、それにしても、何もかもがチグハグで、取り返しがつかないことの連続だった。二十代と三十代は二週間、家に帰れないなんてことはザラだった。テレビ収録の現場に張り付いていなければならず、いつ終わるとも知れない状態で完徹がつづき、気づくとそのまま次の日が始まっている。そんな生活が当たり前だった最底辺テレビマンのツケがしっかりまわってきて、四十代半ばのいま、体はガタつき、感情のアップダウンは鈍麻し、ご臨終を迎えたときの心電図みたいに波打たなくなっていた。五反田マーメイドに予約を入れたとき、心電図にかすかな波が現れた。

社会人になってからボクには忘れられない光景がある。ひとつめは、朝の集合時間に姿を見せなかった同僚の様子うかがいで、池袋にある彼の家まで行ったときのことだ。インターフォンを何度押しても反応がなく、大家にお願いしてマスターキーで扉を開けると玄関で同僚が倒れていた。彼は靴を脱ごうとした瞬間だったのか、左のスニーカーに手を添えたまま冷たくなっていた。

もうひとつは、延滞された制作費を催促するため、麻布十番にあった小さなプロダクションを訪れたときのことだ。入り口の自動ドアには罵詈雑言が殴り書きされた紙が覆い尽くすように貼り付けられ、任侠漫画とVシネマの世界みたいだった。その事務所にはよく通っていたので、裏にも入り口があることを知っていた。ノブを引いてみると、鍵はかかっていなかった。静まり返ったオフィスには、パソコンがきれいに一台もなくなっていて、人の気配はまったくない。そのまま立ち去れば良かったものの、嗅いだことのない匂いが鼻につき、トイレのドアを開けてしまった。そこには、いつも現場で怒鳴り散らしていた白髪でオールバックのプロダクションの老社長が、首を吊ってマネキンみたいにぶら下がっていた。ボクはその場で腰を抜かし、へたりこみ、しばらくその状態のまま動けなくなった。

このふたつの光景を悪夢のように何回も繰り返し思い出す。

人生が二度あれば、と井上陽水は歌っているが、二度はなくていい。万が一、二度目があるならば、いまの仕事には絶対に就かないし、いまの自分にもおさらばしたい。乗りかかった舟でも途中で降りたい。目の前に山があったとしても登りたくない。「普通にはなれない」と諦めながらも、母が口酸っぱく言っていた「普通がいちばん」がやはりいちばんなのかもしれないと痛感しかけていた。

無性に誰かに会いたかった。その誰かは優香なのか、ボク自身にもわからなかったが。

スマートフォンのアプリを確認すると、タクシーはあと二、三分で着くと表示が出る。エレベーターで1階のエントランスまで降りる。モスバーガーに一緒に行った日以降、明菜とは一度も遭遇せず、姿も見かけなかった。こんな時間にいるわけがないよなと思いつつも、エントランスを通るたびに明菜の姿を思わず探していた。

タイミング良くタクシーがマンションの前に滑り込んできたが、ボクの呼んだタクシーではなかった。ドアが開いて、支払いを済ませた女性客は、ミニ過ぎる白いスカートにバーレスクの舞台衣装みたいな透け透けの、ほぼ裸と言って差し障りのない薄い布のブラウスを着ていた。足元は生まれたての仔鹿のようにふらついている。オートロックの入り口までたどりつけず、集合ポスト付近の大理石の柱を抱きしめながら、そのまま床にへナへナと倒れ込んだ。見て見ぬふりをしようと思ったが、「迎車」のランプを点灯したタクシーがやってきてしまい、ボクはオートロックの入り口を抜けて、彼女の横を通りかかった。いやでもミニスカートからはみ出た派手めの下着が目に留まる。透けたブラウスは胸元がはだけ、赤いブラジャーが丸見えだった。

「あのう、大丈夫ですか？」

大丈夫なわけがないのにボクは彼女に声をかけていた。問いかけに応えているのか、女は目をつむりながら、ぶつぶつと何かを唱えるようにつぶやいている。息だけでなく全身からアルコール臭を発していた。

「ここのマンションのかたですよね？　部屋の番号を教えてくれたら、家族のかたに連絡して、エントランスまで迎えにきてもらいますけど」

家族がいたとしても、犬か猫じゃないかと思ったが、とりあえず女に訊いてみる。彼女が乗っていたタクシーの運転手は、面倒を見てくれる者がいるとわかって安心したのか、急発進で立ち去った。女は自分が声をかけられているのはわかっているみたいだったが、相変わらずぶつぶつと唱えるだけで、答えになっていない。ボクが呼んだタクシーの運転手に事情を話すと、「酔っ払いの客の扱いには慣れていますから」とタクシーから降りてきて、女の肩を揺すった。

「お客さん、ここはまだ家じゃないよ。寝るなら家のベッドで。部屋の鍵を出して、家に帰りましょう。ここで寝ちゃ、いまの季節でも風邪ひきますよ」

そのとき、オートロックのドアが開き、「ちょっと、ちゃんとしてよ！」と女の子の尖《とが》った声がした。明菜だった。

「みっともないんだけど」

明菜はボクとタクシー運転手を無視して女を大理石の柱から引きはがし、手慣れた感じで肩を入れて立たせる。目を合わさず、ひと言、ほとんど地面に向かって「すみません」

と素っ気なく言い、入り口の方へ女を引きずっていく。

「手伝おうか？」とボクは声をかけたが、明菜から答えは返ってこない。ボクを見ることもなく、口を真一文字に結び、俯《うつむ》いたまま、ぐにゃぐにゃの女の体を支えて歩を進めた。女は「失敗しちゃったよ」と明菜に謝っているのか、自分を責めているのか、やっと意味のある言葉を発した。

オートロックが解除され、エントランスに入っていく明菜の背中に「おやすみ」なのか「大丈夫？」なのか、声をかけようかと思ったが、言葉が出てこない。さすがに心配で、ボクとタクシー運転手は少し後ろをついて歩いていった。ドサッと、荷物を床に置くみたいに女をエレベーターの中へ押し込み、明菜は終始俯いたまま、一度も目を合わせなかった。感想を言葉にしにくい前衛映画を観たあとみたいに、ボクとタクシー運転手は無言だった。ピカピカに磨かれて鏡のようなエレベーターに映ったボクたちを明菜はちらりと見て、エレベーター越しにお辞儀をした。

ボクはあれこれ考えてしまった。この母親らしき女は家に帰る前、明菜に電話したのか、だから明菜はエントランスに出てきたのか。いつもあんな風なのか、それとも今晩のようなことは稀《まれ》なのか。モスバーガーで母親は美容師だと話していたが、あの酔い方と服装はどう見ても美容師ではない。

「さっきのあの子、娘さんですかね。たいへんだ、ああいうお母さんを持つと。頑張ってんだろうけどねえ」

タクシーを出すなり、運転手は溜まっていたものを吐き出すように話しかけてきた。カチカチカチとウインカーの音がうるさい。答えようのない問いだったから、ボクは黙っていた。カーラジオから延長戦に入った巨人対ヤクルト戦の実況中継が小さな音量で流れている。

「こんな雨のなか神宮の試合はずいぶん長引いてるみたいですね。お客さん、これからお仕事？　そんな訳ないか」

カジュアルな恰好や風貌を見て、運転手はそんなことを言った。

「カーナビだと、紳士服のキミジマの裏あたりみたいですね。裏にまわっちゃいますね」

五反田に近づくと、飲食店やコンビニ、風俗店のどぎついネオンサインがタクシーの窓に反射し、あっという間に後ろに流れ去っていく。

「着きましたよ」

そう言われて、窓に額《ひたい》をつけていたボクは我に返る。

「あっ、はい」と間抜けに反応し、ＰＡＳＭＯで支払いをお願いする。スマートフォンから「さざ波の音」が流れてきたが、「五反田マーメイド」のネオン管の文字が雨に濡れて淡いピンク色の妖しい光を放っているのが目に映り、無視することにした。

「お客さん、この辺は気をつけた方がいいよ。前にここで降ろしたお客は仏になって、新聞の社会面で再会したことがあったからね」

世話好きで、おしゃべりな運転手のシックスセンスは、ボクのそれと同じで、絶対に外れてほしい。

「そうですか。気をつけます」

そう言い残して、ボクは雨の五反田に降り立った。靴の裏がべとつく。誰かの捨てたガムを踏んでしまった。ボクは舌打ちをする。大関のことが頭をよぎる。優香に会ったら、なんて言おう。先日はどうも？　お久しぶり？　こんばんは？　しっくりくる言葉が思い浮かばなくて、急に気が重くなってきた。いや、ユカはやっぱり優香ではないかもしれない。ぐるぐるとシミュレーションを繰り返す。靴の裏についたガムを、路肩の欅《けやき》の木に擦りつけて、あらかた剝がした。ネオン管がチリチリと雨を弾きながら音を立てている。もう引き返せない。夜の五反田では、雨音に虫の鳴き声が混じって、不快な蒸し暑さが肌にじっとりとまとわりついてくる。

船底みたいな部屋で人魚と再会した

　白竜似のボーイが、景気よくカーテンを開ける。キャミソールにブルーの下着姿のユカが現れ、満面の営業スマイルで出迎えてくれた。間違いない、やはりユカは優香だった。化粧のせいか、切れ長の一重《ひとえ》が強調され、すっきりとした口元がピンクに濡れていた。

「ユカです。よろしくお願いします」

　挨拶の途中から、ボクをボクだと認識して、優香の表情がみるみると硬直していくのがわかった。金銭の授受によって浮かべていたスマイルと上がっていた口角が、露骨に引きつっていった。「ユカです」はソプラノだったのに「よろしくお願いします」の途中から重めのアルトになった。白竜似のボーイが声のトーンの変化に気づき、「ユカさん、どうかなさいました？」と声をかけるほどだった。

　彼女はボーイの言葉を黙殺し、込み上げてくる感情や疑問を飲み込んで、営業スマイルを復活させる。

「じゃ、行きましょうか」

無理やりボクの腕を取って、くるりと向きを変え、ホーンテッドマンションのような薄暗い洋館を模した廊下を歩き始めた。

埃と毛玉の目立つ赤い絨毯《じゅうたん》が敷かれた廊下を、下着姿の優香に腕を組まれながらぎこちなく進んでいく。洋館を模しているのに、ユーロビートが延々と音割れするほどの大音量でかかっていて、ここが何処なのか、いまが何時代なのかわからなくなってくる。彼女の腕からは、ウエルカムではない嫌悪感がビンビンと伝わってくる。やはり来るべきではなかった。しかし、時すでに遅し、彼女とハリボテの廊下をそろりそろりと進んでいく。

背中に視線を感じて振り返ると、怪訝な顔をしたあのボーイが「あーども！　お時間まで、ゆっくりお楽しみくださーい」と貼り付いた笑顔で声を張りあげ、カーテンがザッと閉まる。これで完全に現実世界と遮断された。空気がフッと変わった気がした。

ハリボテの廊下に優香とボクのふたりだけが残された。奥まで整然と並ぶ扉から喘ぎ声がまばらに聞こえてきたが、淫靡《いんび》というより不吉な環境音楽のように響いていた。消毒液の饐《す》えた匂いが鼻呼吸をするたびに襲ってきて、仕方なく口呼吸に切り替える。人生で初めて、アレルギー性鼻炎になりたくなった。こちらも見ず、腕を組んだままの優香が「どうして？」と短く訊いてくる。

咄嗟に、大関から送られてきた、週刊現在の写真が載ったメールを見せ、「ごめん」と言った。

「ああ、マジで消えたい」

優香が抑揚のない声でつぶやいた。ボクは今日、何度目かの後悔をした。優香は首を左右に振って、ボキボキと音を鳴らす。細く静かに長い息を吐く。なんともいえない迫力だ。

「帰ったほうがいい？」

「帰らないでいい、もう大丈夫だから」

何が大丈夫なのかわからなかったが、優香はＦ－１グランプリを制した風俗嬢の顔に戻っている。ひとつ大きくため息のような深呼吸をして、「にしても、最悪だ」と言って、ボクより数歩先をズカズカ歩いて行く。そして、いちばん奥の扉の前に立った。

「これでもこの店でいちばん広くて、良い部屋なの」

優香は振り向き、ノブをまわして後ろ手に扉を開ける。挑発的な目でこちらを見る。ボクは覚悟を決めて、「お邪魔します」と必要とされていない挨拶をして、先に部屋に入る。彼女は首をまたボキボキと鳴らし、口角を無理やり上げる。部屋の敷居をまたぐと、マッハの速さでドアが閉められた。音割れしていたユーロビートが、途端に遠くに追いやられる。

部屋はタイル張りの床にシングルのベッドと衣類を入れるプラスチックのブルーのカゴが置かれ、奥に白いビニールのカーテンで隔てられたシャワー室があるだけの造りだった。

「洋服、脱いでもらっていいですか？」

口調は営業モードになっているが、優香は視線を合わさない。この気まずい状況でも、優香の下着姿が目に入り、体が反応してしまう。出来るだけ、ボクは他のことを考えようとした。

「脱いでいただけますか？」

彼女の語気の強さに促され、無言で裸になる。ボクの硬くなったものを見ても、彼女は特に反応せず、業務をつづける。シャワーの温度を調節したあと、慣れた感じで彼女も素早くキャミソールと下着を脱いだ。部屋は途轍もなく簡素で、室内の空気は停滞し、不衛生に感じた。シャワールームとベッドルームは申し訳程度の仕切りしかないので、湯気があっという間に部屋全体に充満する。シャワールームとの間には段差があって、こちらは五センチほど高くなっていたが、容赦なくシャワーのお湯が足下に浸水してきた。周囲が霞むほどの湯気が立ちこめ、部屋は温水の流れるサウナのようだ。

「サウナみたいだね」

ボクは思ったことを、そのまま口にした。

彼女は何も言わず、消毒液をプラスチックのカップに適量入れ、シャワーのお湯を注いで、こちらに差し出す。ボクはそれを受け取り、口をゆすぐ。彼女も同じように消毒液を口に含んで、雑に排水口に吐き捨てた。ボクも真似して吐き捨てる。排水口のまわりには年季の入った消毒液の跡が、濃い小豆色の円を作っている。消毒液の香りを匂わせながら、優香と向き合う。髪の毛をゴムでまとめた彼女は、やはり美しい。

「じゃあ、洗います」

「なんか不思議な感じがするね」

「腕をあげてもらえますか。腋《わき》のところ、ちょっとくすぐったいかも」

ボクの言葉には無反応で、彼女はマニュアル通りにボディソープをボクの体に塗りつけ、上半身を使ってボクを洗い始める。形のいい胸の先端がボクの腹あたりに触れる。

「やっぱ雑誌の力っていまも絶大なんだな。ネットにも、ネットのほうがたくさんの人が見ているはずなのに、紙のほうが深く届くんだな。ネットにも、ずっと写真はあがっていたのに身バレしたことなくて、雑誌に載ったら、むかしの知り合いとか男から連絡が突然来るし、あのグラビアを見て来店したのは、あなたが七人目だから」

優香はあの夜とモスバーガーのことはスルーして、紙媒体の影響力のすごさを語る。

「つまりね、レアじゃないから、あなたみたいな人。雑誌はすごいって話だから」

そのとき、優香の指がボクの下半身に移動した。そのこととは関係ないかのように、彼女の話は淡々とつづく。

「この部屋、船底みたいでしょ。窓は丸くて、ここは地下だから開かないけど。店にいるときは、ずっとこの部屋にいて、お客さんがいないときも、ここで待機してるの。他の女の子と会わないで済むのは気が楽なんだけど、天気や外の様子がほとんどわからないから、ときどき気持ちが悪くなる。でも、ここでごはんも食べるし、もういろいろ慣れちゃった」

シャワーを止めても、蒸気が部屋に滞留していて、湿っぽい。この部屋で食事をするのはしんどそうだが、それも慣れるのだろう。ベッドルームとの間を仕切る厚手のビニールカーテンのところどころには、黒点のようにカビらしきものがついていた。お湯に浸かったベッドルームの床の色は元から黒のようだが、よく見るとそちらにも、カビらしきものがついている。元の色はかすかにしか確認できない。

「ここ、亜熱帯みたいだね」

ボクは思いついたことを、また口にしていた。

「さっきはサウナで、今度は亜熱帯。全然褒めてないよね。でも本当だから仕方ないか」

彼女は初めてボクを受け容れるように視線を合わせた。彼女の後方にあった卓上扇風機ほどの換気扇にも埃がへばりつき、町の中華料理店の排気口みたいだ。

「このまま話をつづける？　それともサービスにする？」

「なんかそれ、新婚カップルの『お風呂にする？　ごはんにする？』みたいだね」とボクがなんとなく笑うと、「アットホームな接客を心掛けているんで」と彼女は苦々しく笑った。

ベッドルームに移ると、彼女はゴワゴワしたタオルでボクの濡れた体をアカスリのように拭いてくれた。

「すこし話さない？」

ボクは会話の口火を切る。

「残り三十五分です」

「あまり時間ないね」

蒸気をたっぷり吸い込んだベッドに寝転がり、ボクたちは並んで低い天井を眺める。シーツがまんべんなく湿っていた。すこし気持ちが悪い。

「この店は長いの？」

「そういうこと話したい？」

「そういうことはあまり話したくない……。そうだな、今日、店に来て驚いた？　いや、そういう話でもないな」

「あなた、モテないでしょう？」

「なんで？」

「質問に質問で返す感じ、モテないと思う」

そう言って、彼女は上半身を起こす。大きな乳房が揺れながら、本来の自然な形に戻る。

「あれから一週間近く経ったってことは、圭子たちはいま頃、新婚旅行で飛行機の中だよ。

上空一万メートル。それに比べて、私たちときたら」

たしかあのファミレスの朝も、優香は同じようなことを話していた。あのときの気だるい空気がよみがえる。

「世の中は理不尽で不平等。神様がいたとしたら、かなりテキトーな人だよ、きっと」

五反田の船底から天に向かって唾を吐いた。

「私、神様にシカトされてんのかな、高校のときと一緒だ」

優香は鼻で笑いながら、加熱式タバコに口をつけた。

「明菜ちゃんは元気？」

いつかその話題になるだろうと思っていた。ボクは、今日ここに来る直前に遭遇した明菜と母親の話をした。すると優香は、「そう」とため息をつくようにつぶやいた。

「明菜ちゃんにもいろいろあったんだね。私も本当のことを話してなかったけど」

「みんな、いろいろあるよ。本当のことは簡単に話せない。自分だって、嘘なら来世ぶんまでついてしまっているよ」

「全然、慰められた気はしないけど、ありがとう」

「慰めてないよ。君とまた会いたくなったのは本当だけど」

「あなたの話には、たしかに嘘が多い気がする」

優香は呆れ笑いを浮かべながら、言葉をつづけた。

「また三人で会いたいかもな」

加熱式タバコにもう一度、彼女は口をつける。

「そうだね」とボクはなんとなく同意する。

丸い形にあしらわれた窓型の装飾や天井を這うダクトを、優香は見ていた。雑に白いペンキで塗られた壁のせいか、潜水艦に乗って海の底にいるようにも思えてくる。

「この部屋にいるとき、どんなことを考えてるの？」

「あと十五分だなとか」

彼女は自分の加熱式タバコをボクに差し出す。ボクは吸わないとは言えず、形ばかり口をつける。

「日によるし、気分にもよるけど、ツイッター見たり、ユーチューブ見たり、普通だよ。普通に最悪。あなたは普段、どんなことを考えているの？」

「普段？　普段は仕事をしているだけ。できるだけ思考と感情のスイッチをオフにして働いている」

「それは普通に最悪だね」

「そうだね、普通に最悪だ」

仰向けに戻った彼女は、低い天井に右手を伸ばし、グーパー、グーパーと結んでは開いている。その後、ベッドの上に右手を一度放り出してから、手をつないできた。ボクは彼女の指を手繰るように絡ませる。彼女はそれに握力を加える。そしてわざと爪を立てた。

「痛っ」

「私、その声は好きかも」

「どういうこと？」

「上空一万メートルの天の声に言われている気がするの。あなたは人間に向いていませんでした、おしまいって」

「向いている人なんていないよ。向いているフリがうまい人と、向いているフリが下手な人がいるだけだよ」

「優しいことも言うんだ」

優しいことではなく、本当にそう思っていた。

「どうか圭子の飛行機が落ちますように」

「おいおい」

「どうせ誰も聞いてないから、いいじゃん」

「テキトーな神様が、たまたま盗聴しているかもよ」

ボクがそう言うと、優香は足をバタバタさせながら、ベッドの上で転げ回ってしばらく笑っていた。

「あの夜、ずっと歩きながら話していたこと、本当に何も覚えてないの？」

「はっきりとは覚えてない。でもいま話していたみたいな話をしていた気がする。違う？」

「そんな感じ」

寝転がっていた彼女が、ボクの顔のところまで近づいてきて言う。

「あなたはグサッと刺さることを、私に訊いたんだよ。『君は赤坂の老舗料亭の娘の友だちだから、どうせ普通以上に幸せなんだろ？』って」

「本当に？」

「本当だよ。その質問の答えは、今日、この場所でわかったでしょ。答えが出たところで、次の質問は、どうして君はこんなところで働いているのか？　でしょ？」

薄皮を一枚いちまいはいでいくように記憶がよみがえる。歩くことでさらに酔いがまわり、飲みの席やバーとは違って対面で顔を見ることなく前を向いて歩いているうちに、ズケズケと訊きたいことと、言いたいことをぼやいていたんだろう。披露宴で「普通」の最上級クラスを見せつけられ、優香とボクは日頃のうっぷんを発散、爆発させていたのかもしれない。

「あの夜、『なんでテレビ業界に入ったの？』って訊いたら、『何も考えず、なりゆきで転がり込んだだけ』って、あなたは言ったの。私もそうだった。でも、いまは生きているって思える」

「生きている？」

「そう。私の通っていた女子高と短大は、圭子のような代々お金持ちの娘ばっかじゃないから。中の上くらいの私のような家庭の娘もいて、それぞれが家柄に合ったレールに乗せられて、それぞれ決められたレールの上を生きていくの、普通は」

「それぞれ決められたレールの上……ですか」

「普通はそれで良いんだと思うの。めでたし、めでたしだと思う。だけど、私はダメだった。生きているって思えなかった。必要とされているって感じがなかったの。いまは普通に息ができている感じがするんだ。私、おかしいのかな？」

「……正しいもおかしいもないよ」

「いまの三秒の間が、間違っているって言われた気がする」

優香はそう言って笑った。

そんなことはないよ、と否定し、つづけて何か言いたかったが、何を言っても、嘘くさくなってしまいそうで、黙っていた。

「予約、また入れてよ。ここでごはんを一緒に食べようよ」

「えっ、ここでごはん？」

「うん、ここで。お弁当を作ってきてあげる。私のお弁当、自分で言うのもナンだけど、おいしいんだよ」

優香は低い天井に手を伸ばして、またグーパーしながら、こちらも見ずにそう言った。

彼女は自分の携帯番号を店の名刺に書いてボクに渡した。ボクはその場で番号をタップして、一度かけてすぐに切った。

「あ、きた」

彼女は一瞬だけ光った自分のスマートフォンを見る。

そのあと、ボクはひとりでシャワーを浴びた。優香はうつ伏せになって、裸のままで気持ち良さそうに加熱式タバコを吸いながら、ぼんやり弛緩していた。不衛生に感じたこの部屋に馴染んできている。無防備な彼女の背中とお尻がこの部屋に似合っていて、フィルター機能を使った写真のように美しく艶《なまめ》かしい。

「あのう、人のことをジロジロ見ないでもらえます？　それともやっぱり、したかった？」

シャワーから出て、まだ裸だったボクは、下着を穿く手が思わず止まってしまう。それを見て、彼女はふざけて下半身に蹴りを入れる真似をした。ボクは大げさに彼女に覆いかぶさろうとする。彼女がゲラゲラと体全体を揺すって笑う。そのとき、終了のゴングのように、けたたましくアラームが鳴った。

☀

翌朝、エントランスを通り抜け、仕事へ向かうとき、ボクは明菜のことを考えていた。

立ち止まって振り返り、マンションの入り口を見まわす。置いてある植物が入れ替わっているだけで、昨日と何も変わりなく、誰もいなかった。泥酔した母親を抱え、ほぼ無言で部屋に戻っていった明菜と出くわしたら、どんな言葉をかければいいのか。明菜はあっけらかんと話しかけてくるのか、それとも、もう口を利いてくれないのか。まったく予想がつかない。ただ、昨夜の別れ方は更新したかった。

朝のラッシュ時の山手線は、テトリスなら即ゲームオーバーになるくらい隙間がない状態で、ホームに滑り込んでくる。吐き出される人間と、乗車する人間にもみくちゃにされながら、リュックを前に抱え、ドア付近をゲットする。「もう一度！　オリンピックを東京で！」という中吊り広告の赤い文字の見出しが躍っている。よくよく見ると、車両全部が、その広告で占拠されていた。テレビ各局が盛り上げようとしている風潮は知っていたが、ここまでとは思わなかった。

ボクはリュックからスマートフォンを取り出して、「五反田マーメイド」のホームページを検索する。優香のブログが気になってチェックをした。満員電車の運転士にも上手い下手がある。さっきから急ブレーキがつづいている。今朝の運転士はどう考えても、上手い下手でいえば下手だ。少々の電車酔いを我慢しながら、ブログのページにたどりつく。彼女のブログは明け方に更新されていた。まわりの乗客の視線を気にしながら、ボクはゆっくりと彼女のブログをスクロールしていく。

私の毎日は普通に最悪だけど、みんなはどう？　みんなも普通に最悪だったらいいな笑。でも、普通に最悪だねって一緒に言い合えたら幸せかも。明日、予約まだ空いてます！待ってるよ〜♡

ボクはそのブログの文面だけで、拷問同然の満員電車になんとか耐えられ、今日一日を乗り切れそうな気がした。

しかし仕事場に着くと、トラブルが同時多発的に勃発し、炎上しかけていた。夕方まで食事が取れなかった。それでも徹夜を免れたので、まだマシなほうの部類に入る。目黒に十時半には帰宅することが出来た。部屋に戻ると、ノックアウトされたボクサーみたいに前のめりでベッドに倒れ込む。ダウン寸前につけた無印良品のアロマポットが、部屋をかすかに照らしている。いろんなオイルを注ぎ足し注ぎ足ししているうちに、甘ったるいだけの匂いになっていた。突っ伏しながらスマートフォンを出して、優香のブログをまた読み返す。

そのとき、インターフォンが鳴った。それも連続して三度も連打された。オートロックの呼び出しではなく、玄関のインターフォンだったから、その突撃感は半端ない。

「はい、どちらさまですか？」

玄関の方に向かって返事をし、覗き穴を覗く。

「どうも、夜分にすみません。808号室の大森と申します」

808と聞いて、明菜だとすぐにわかった。ドアを開ける。女に隠れるようにして、明菜がやはりいた。

「あの、すみません、今朝、娘から聞きました」

昨日と同じで、アルコール臭がきつい。香水とアルコールを一緒に呑んだみたいに両方の匂いを撒布しながら、女はドアから半歩前に出て迫ってくる。

「昨日の夜、醜態を見せちゃったらしくて。でも、私のお客さんに優秀な内科医がいて、アルコールを分解する薬を彼からもらっていたので、呑んだらすぐに回復したんですよ。今日もこのあと呑むことになりそうなんですけど、これがあれば大丈夫です。とにかく、よく効くんです。ひとつ、いかがですか？」

女はブルーの液体が入ったカプセルのシートを、ボクに差し出した。

「いえ、結構です」

あらそう、と不思議そうな顔をして、後ろの明菜に微笑む。明菜は所在なさげに天井のあたりを見ている。

「実はこれから三日ほどお客さんと一緒に急遽、長野のほうにゴルフに行くことになりまして」

「これからって、いまからですか？」

「そうです。前乗りしている常連さんたちが宴会中に電話してきて、これからタクシー飛ばして来いや！　タクシー代は出してやるからって言われちゃって。娘から、テレビ局にお勤めだって聞きました。今度、ぜひお店にきてくださいよ〜」

女はここでやっとひと息つく。アルコール臭と香水の匂いとその勢いに呑まれ、ボクはドアを押さえながら呆然と突っ立っていた。

「業界の方ならおわかりだと思うんですが、スポンサーやお客さんにムチャぶりされたら応えていくのが、私たちの仕事じゃないですか。来るよな？　と訊かれたら、行きます！ってすぐ応えますよね。そんな感じで盛り上がっちゃって。それでお願いにあがったわけです」

彼女はこのタイミングで、手に持っていた菓子折をボクに押し付ける。

「これ、御門屋《みかどや》の揚げまんじゅうです。近所のものですみません。いまからもう行かなくちゃいけなくて、下でタクシー待たせてあるんです。うちの子は十歳で、ひとりで大丈夫なんですけど、この子に聞いたら明日から学校は夏休みらしいんですよ。外で友だちと遊んだりするのは好きなほうじゃないから、一日中、マンションにいると思うんです。で、もし何かあったら相手してもらえませんか？」

「同じフロアですから、何かあったら、もちろん。ただ、どうしてボクなんですか？」

「この子に聞いたら、傘を貸してくださって、ごはんも一緒に食べたことあるっていうじゃないですか。それを聞いて、心底ホッとしたんです。うちは父親がいなくて、私がこんなでしょ。難しい年頃になって、この子、大人やまわりにあまり心を開かなくなっちゃって。おたくさまとは気が合うみたいで、ちゃんとしたところにお勤めだし、頼りになるなと思って」

「いや、ちゃんとしたところにお勤めではないですよ。人としても、ちゃんとしているかどうかあやしいといいますか」

「いえいえ見ればわかりますよー。人を見るのが仕事みたいなもんですから。この子、良い子なんですけど、生意気でしょ。偉そうに、もう反抗期が始まっちゃって。人によっては一生、反抗期みたいな人もいますけどね」

そう言うと、女は自分の話に自分で笑っている。明菜は後ろに隠れたままで、俯いて床や自分のスニーカーを眺めていた。

「というわけで、申し訳ないですけど、三日ばかり留守にしますんで、何もないとは思うんですが、何かあった場合はよろしくお願いします。それでは」

「はあ」

女はスッと半歩下がってお辞儀をすると、自分でドアを閉めた。覗き穴から外を覗くと、女が明菜に言い含めようとしている。ドアに耳を当てた。

「じゃ、行ってくるからね。何かあったら、あの人を頼りなさい。あなたが見込んだ通り、あの人は間違いないわよ。お母さん、そういうのは、よくわかるから」

「だったら、どうしてお父さんはいなくなったの？」

「はい、出ました反抗期。お金はいつものところに置いてあるから。お金稼がないと生活していけないの、わかるわよね？」

そのあと、キャリーバッグを引きずる悲鳴のような音が聞こえた。

リビングに置いてあったスマートフォンから「さざ波の音」がする。スマートフォンを取りに戻ると、大関の名前が表示されている。タップして出ると、耳から遠ざけたくなるほどの大きな声が聞こえてきた。

「おまえ、オレに『ほうれんそう』を忘れてないかあー」

いきなりどやされる。しかし声の調子は明るい。

「F－1グランプリに参戦したなら、教えてやったオレに『ほうれんそう』だろー。彼女のブログ読んだぞ。あれ、おまえだろ！　このヤロウ！」と言ってギャハハハと笑う。するとと今度はインターフォンが鳴った。スマートフォンを片手に覗き穴を覗くと、明菜が立っている。

「大関さん、いま緊急事態が発生しまして、かけ直しても良いですか？」

「F‐1グランプリが幽霊マンションに出現か」

「いや、もうちょっと複雑で……。明日、必ず『ほうれんそう』しますから」

「いいねえ〜、オレも明日までは死ねんな。んじゃ、明日」

スマートフォンを後ろのポケットにしまって、ドアを開ける。

「何かあった？」

「何かあったから入ります」

そう言って、別マを三冊抱えた明菜は玄関にあがりこむ。漫画を下に置き、しゃがんで厚底のスニーカーを脱ぎながら、「いま誰かいます？」と訊いてきた。

「はあ？　いまはいないけど」

「じゃあ、二、三日、いてもいいよね」

「誰が？」

「わたしが」と真顔で返される。「お邪魔します」と言って、部屋にずんずんとあがっていった。玄関のドアノブを握ったまま、ボクは呆気にとられている。

「おいおい」

ボクは彼女が脱ぎ散らかしたスニーカーをかがんでそろえた。

開け放しにしていた寝室の窓のほうから暴走族のようなバリバリバリバリと改造されたマフラー音が聞こえる。

「ごはん作って、食べたい。うわっ、冷蔵庫、なーんにもないじゃん！」

冷蔵庫の明かりが薄暗い部屋を照らし出す。明菜の声が、やまびこみたいに響く。

「おいおいおい」

後ろのポケットから「さざ波の音」がまた始まる。取り出して画面を見ると、「優香」の文字が表示されている。さざ波どころか台風のように、いろんなことが押し寄せてくる。ボクは何も考えられないまま電話に出た。

「ねえ、明菜ちゃんとのごはん、いつにしよっか？」

「明菜とごはんなら、いま明菜がボクの部屋に勝手にあがりこんで来て、何か作ろうとしているけど」

「なにそれ？」

ボクは明菜の母親の話といま目の前で起きていることを、自分でも要領を得ないまま説明した。

「どういうことか、よくわからないけど、なんだか愉しそう」と優香は面白がり、「いまから行っちゃダメ？」と訊いてくる。

その声にかぶさるようにガシャンとキッチンから皿が割れる音がした。

「あーあ、ごめんなさい」

明菜の声が聞こえる。

「ちょっと、そのまま危ないから、動かないで」

スマートフォンを手で押さえて、明菜に呼びかけた。生ぬるい湿度を含んだ風が開いたままだった窓から、玄関まで届く。ボクは優香に「来てくれたら、すごく助かる」と、マンションの部屋番号を告げて、明菜のいるキッチンへと向かった。

イントロを聴いただけで、いつかの夏に連れもどされる曲はありますか？

「親を選べない時点で、人って平等じゃないと思う」

冷蔵庫の中を探りながら、明菜は大人びたことをつぶやく。ボクは明菜が落として割った陶器の皿を片付けている。

「自分にぴったりの親って、そういないんじゃないかな」

ボクは大マジメに応える。今度はバターの箱が落ちてきた。

「今日の晩ごはん、まだ食べてないの？」

バターの箱を定位置に戻しながら、ボクは訊く。

「一応、お母さん、待ってたんだけどね……食べそこねた」

「こっちも食べそこねているんだけど、あまり夜遅くに食事すると体に悪いよ」

「いいの」

明菜はすこし太ったほうがいいくらい痩せている。

「もう十一時だよ。寝なくて大丈夫？」

「明日から夏休みだよ。全然、大丈夫」

「じゃあ、すこし夜更かししてもいいか。いま電話があって、これからお客さんが来ることになった」

「これから？　えっ、誰が来るの？　帰ったほうがいい？」

「帰らなくていいよ。ヘンな人じゃないから」

　ボクはそう言うと、キッチンからリビングに行き、テレビの電源を入れ、ルームランプをつける。それでも部屋は薄暗かった。天井に備え付けられた電灯は、ここ数年、切れたまま放置していた。ひとりなら気にならない薄暗さだったが、子どもがいる空間にはふさわしくない光量だ。

　テレビの画面はCNNを映し出す。テレビ局の下請けで働いているのに、いや働いているから、日本のテレビ番組が嫌いになりかけている。仕事の延長で観てしまい、気が休まらないのでなるべく避けていた。だから主にCNNだとか海外のテレフォンショッピングのような番組にチャンネルを合わせていることが多い。

　南米の知らない地域の、新興宗教団体の敷地内で起きた銃乱射事件の様子が流れ、英語と日本語まじりの音声で解説される。正しさと正しさが今日も世界のどこかで正面衝突している。同時通訳の女性が事態の悲惨さを冷静に訴えかけていて、その淡々とした喋り方がボクを落ち着かせる。明菜もソファでボクの横に座り、世界で起きている対岸の火事を観ている。こんな時間に十歳の子どもがソファの横に座っているのは、CNNで放送されている銃乱射事件よりも、ボクには非日常的なことだった。

三十分ほどして、インターフォンが鳴った。

「ねえ、誰?」

明菜はもう一度、ボクに訊く。

「会ったことがある人だよ」と告げ、オートロックを解除した。8階にあがってくる頃を見計らって、玄関に向かう。明菜がボクのあとをついてくる。ドアを開けると、「こんな時間にこんばんは」と優香の明るい声がする。

「あ……優香さん……、こんばんは……」

明菜はすこしびっくりし、戸惑っているように見えた。

優香はやけにゆったりとした服を着ていた。ふくらはぎまで隠れるノースリーブのワンピースはベージュ色で清楚な印象だ。昼間とはだいぶ違って見えた。

「これから明菜ちゃんがごはんを作ってくれるって聞いて、私もごちそうになろうと思って来ちゃった。お邪魔だった?」

優香は、缶ビールと三ツ矢サイダーの入ったコンビニの袋をボクに渡しながら、明菜に尋ねる。

「そんなことないよ。でもね、この家には、ろくなものがないの。玉子と冷凍庫のカチカチごはん、それにハムでしょ、ネギもちょっとあったか……、チャーハンならできると思う。うちから、なんか持ってこようかな」

「チャーハン、いいじゃん。チャーハン、作ってよ」

リビングに落ち着くことなく、明菜と優香はキッチンで話している。

「じゃあ、チャーハンにする」

「これさあ」

優香がサランラップにぎゅうぎゅうに包まれたカチカチごはんを掲げる。

「彼女の作り置きでしょ？」

「作り置き？」

ボクはまた質問を質問で返していた。

「折りたたみ傘の女でしょ？　わたし、見たことある」

明菜が楽しそうに言う。

「じゃ、これも折りたたみ傘の女じゃない？」

ネギの入ったジップロックを優香が明菜に見せている。十歳の女の子相手になんてことを話しているんだとオタオタし、「ぜんぶ、自分で作ってます。こう見えて、マメなんだよ」と事実でないことをハキハキと申告してしまう。

折りたたみ傘の女から「どうせなら上手に嘘ついてよ。あなたの嘘は嘘になってないから、他人も自分も傷つけるんだよ。だから、みんなあなたのもとを去っていくんだよ。わかる?」と炊飯器に残ったごはんをラップで包みながら苦情を言われた。彼女は、いま明菜と優香が立っているのとほぼ同じ位置に立ち、ボクはいまと同じようにぼんやりとソファに座って、その冷やかな言葉を聞いていた。

ＩＨコンロのスイッチを入れ、ザーッと油がフライパンに引かれる音がする。玉子を落とし、しばらくそのままにして火を通す。明菜はそこに手際よく切ったハムを投入し、塩と胡椒をガリガリかけながら炒め始める。そうこうするうちに電子レンジが「チン」と鳴り、カチカチだったごはんのかたまりからほかほかの湯気が立っている。素手でラップをはがし、明菜は素早くフライパンにごはんを投下する。そこに醤油をサッと円を一周描くようにかけて、ザッザッと混ぜる。ここでネギを加える。ボクは覗き込むようにその様子を窺った。「上手だねえ」と優香が褒めると、明菜はうれしそうに笑顔を浮かべる。

「お皿ある?」

振り向いた明菜に訊かれる。

「あ、はい」

キン肉マンやプロレスラーのフィギュアが、皿やマグカップと一緒に収納されている食器棚から、それっぽい平たい皿を二枚取り出した。もうひと皿はなかったので、ボクは自分用にどんぶりを出した。

明菜はこれまた誰かが置いていった出汁の素をサササッとふりかける。「へー」なんて言って感心していると、「ジロジロ見ないで」とたしなめられた。隣で優香は中華スープらしきものを作っている。部屋に、ムンとした晩ごはんの空気が広がる。

すでに食欲をそそる匂いがフライパンから上がっていたが、明菜はもう一度、醬油をすこしだけ垂らし、味見した。自己流の作り方のようだが、見た目はチャーハンらしくて、おいしそうだ。味の素を少々ふりかけ、カタンカタンと音をたて、明菜はフライパンを手慣れた感じで振った。

「出来たっぽい」

「ぽいよね」

明菜の言葉に優香が応えて、ふたりはニコッと笑った。

ボクは明菜に皿を渡し、優香にマグカップを差し出した。

「ねー、テーブルの上、荷物多すぎ」

明菜の呆れた声にボクは慌てて、闇雲にテーブルから床に物を移す。二度と読むことはない資料といつかの台本、書類の山を切り崩していく。次の燃えるゴミの日にすべて捨てようと誓いをたてる。明菜と優香がチャーハンと中華スープらしきものを、テーブルに並べていく。レンゲはなく、食洗機の中にあった大きめのスプーンを取り出す。ボク用のどんぶりにはかなり多めにチャーハンがよそわれる。

「このテーブル、汚いじゃん。台布巾《だいぶきん》とかないの？」と今度は優香に言われ、ぐるっと丸く彼女たちに見せつけるようにウエットティッシュで拭いた。

明菜がリモコンをテレビに向けて問答無用で消音にする。

「いただきます」

優香と明菜が声を合わせる。ボクも慌てて唱和する。

この部屋で、三人以上の人数でこうやって食卓を囲むのは初めてのことだった。具の少ない中華スープが胃の隅々まで沁みていく。チャーハンは少々薄味だった。明菜はボクと優香の食べっぷりを確認してから、満足そうにスプーンで自分のチャーハンをすくう。

「夜でも、風が暖かいね」

明菜は窓辺で生き物のように揺れる白いカーテンを眺めながら言った。

「明日は真夏日だって。ネットの天気予報に出てた」

優香はそう言って、チャーハンを口に運ぶ。すかさず「おいしい」と感想を言う。ボクも「おいしい、本格中華の味だ」とすこし大げさに褒める。いつもの癖でテーブルに置いてあったラー油をスプーンの上に垂らして、そのままチャーハンをすくう。

「ねえ、なにやってるの？」

明菜が突然、吐き捨てるように言う。

「えっ?」

すこし大げさに褒めたのが、まずかったのか。

「わからないの?」

「わからないんだよ、この男は」

優香がスプーンの先をボクに突きつける。

「ラー油が失礼」

「そう、ラー油が失礼。チャーハンに失礼。明菜ちゃんに失礼」

優香はそう言うと、明菜と顔を見つめ合う。

「一生、女の気持ちがわからないまま死ねばいい」

優香はカッカッカと乾いた笑い声をあげた。

「死ねばいい」と明菜も同調し、スプーンいっぱいにチャーハンをすくって、豪快にかっこんだ。

「うまそうに食べるね〜」

生命力そのもののような食べ方を見せられ、見たままの感想を思わず口にした。

「いちいち、うるさい」

「すみません」と謝るボクを、優香と明菜は「デリカシーがないんだよ」「デリカシーって?　バカってこと?」と、ふたりでまた笑い合っている。

「音楽とかかけない？」

ボクは優香の注文に、はいはいとCDプレイヤーの電源を入れた。サザンオールスターズのアルバム『稲村ジェーン』が再生される。風はもうほとんど吹いていない。

「私、このアルバム好き」と優香がつぶやくと、「わたしもー」とすかさず明菜もクイズの答えがわかったみたいに応える。「知ってるの？」とボクが訊くと、「お母さんが『真夏の果実』歌ってた」と即答した。

「お母さん、明菜ちゃんに歌ってくれるんだ」

優香が感心した様子で言う。

「トイレで歌ってた」

明菜は笑いながら照れた。

「トイレで『真夏の果実』歌うんだ」

それいいねという感じで、優香もニヤッとする。

そのあと、CDプレイヤーから流れる曲に、ボクたちは耳を澄ませた。桑田佳祐が気持ちよく『LOVE POTION NO.9』を歌い切ろうとしたそのとき、「さざ波の音」が鳴って、『真夏の果実』が始まる直前でボリュームを絞り、邪魔してしまう。

「いいところだったのに」

優香が舌打ちをする。

「ごめん」

ボクは急いで寝室に行き、ふたりに聞かれないようにドアを閉めた。大関からだった。数十分前とは打って変わって、生気をストローで吸い取られたみたいに暗く沈んだ声で、

「緊急事態のところ悪りぃな。薬が効いてないと、我慢するのがキツくてさ。いま、ちょっといいか。悪りぃ、頼みたいことがある」

ボクはゾッとして身構えた。

「明日、ヒマか？　都合がついたら、タオルを持って来てくれないか」

かなり拍子抜けする。

「タオルだけでいいんですか？　何かほかにも……」

「タオルだけでいい。頼むわ」と力なく言う。つづけて事務的に病院名と病室、面会が可能な時間を伝えてきた。

点滴でモルヒネが入れられたらしい。モルヒネが効いているときとそうでないときとでは、人が変わったようになると告白された。切れたときは、背骨の神経にカンナをかけられるような激痛に襲われるのだという。

「ほんの一週間前の結婚式の日が、十年前に感じるよ。一度、モルヒネに頼ると身体が欲しがって仕方ないんだ」

大関の癌は急速に悪化しているようだ。大関ではない別人格と話しているようにさえ思

えてくる。『真夏の果実』が気持ちよく流れてきた。明菜と優香がCDにあわせて口ずさんでいる。一日どころか数時間、数十分単位で大関の身体のいろんなところが壊れていくようで怖かった。

「大丈夫ですか？」

「大丈夫なわけねえだろ、ステージ4の松だぞ」

大丈夫でない人に訊いてはいけないことを訊いてしまった。

病院の待合室からかけてきているのか、大関のまわりはひっそりとして無音で、ひそひそ声でつぶやく。

「『真夏の果実』の邪魔をするのも悪りぃーから、もう切るわ」

「あー、あれは気にしないでください」

「シャブが切れかけて、これ以上話してると、余計なこと言っちまいそうだ。じゃあ、頼むわ」

吐息まじりに言い、大関は電話を切った。もらいものの未使用のタオルはあったと思うが、そんなものでなく、朝イチでタオルを買いに行くことにする。

キッチンに戻り、テーブルの上の付箋に「タオル」と書いて、冷蔵庫に貼り付ける。その下に「電球」と付け足した。

「何かあった？　ちょっと怖い顔になっているけど」

優香に心配される。明菜は席を立って、こちらを窺っていた。

「いや、大丈夫。なんでもない」

テレビ画面には、カリフォルニアの天気予報が映し出され、部屋では『真夏の果実』のサビを、もう一度高らかに桑田佳祐が歌い上げている。今日のカリフォルニアは北風が強いが、一日中晴天らしい。

☀

地表の水分をすべて蒸発させるような日光が降り注いでいる。太陽の熱はじりじりと停滞し、息苦しい。蝉も暑さに耐えかねてか、悲鳴みたいな鳴き声をあげている。公園の噴水で水遊びをする子どもたちのはしゃぐ声が聞こえる。誰かが手を離してしまった赤い風船が、真っ青の空に溶け込むように消えていく。明菜はコンビニで買ったピノを食べながら、ボクの横を歩いている。

「それ、美味しそうだね」

ボクがそう言うと、明菜はピノを差し出して、すぐに引っ込めた。

「だから買ってあげるって言ったじゃん」

「なんで大人が買ってもらわなきゃいけないんだよ。おごってあげるって言ったのに」

「他人におごってもらうのは、いやなの」

「他人って、なんだよ」

「なら、おじさん」

「それは妥当な線かと」

「ダトウナセンって、なに？」

「なんだろう、異議なしみたいな」

「イギってなに？」

「おじさんがよく使う言葉だよ」

「ねえ、なんで黒い服ばっか着るの？」

「なんでだろう」

「暑い日に黒い服は、見ているだけで暑いんですけど」

「すみません」

「なんですぐ謝るの？」

「どうしてだろう」

子どもはこんなに質問をする生き物だったのか。

「ねえ、なんでピノにしたと思う？」

「子どもだから」と茶化して言うと、「バカじゃない」と腕を叩かれた。

昨日の夜、優香と明菜はボクの部屋に泊まっていった。ふたりを帰そうとしたが、明菜は自分の部屋からパジャマを持ってくると言い出した。優香にも「Tシャツとスエット貸してよ」と言われてしまった。明菜だけだったら、何と言われようが、自分の部屋に帰した。だけど、「明日から夏休みなんだから、良いでしょ。大目にみてよ」と明菜に言われ、ボクは渋々受け容れることにした。明菜をベッドで寝かせ、ベッドの下に敷布団を敷いて、優香に寝てもらった。ボクはソファで、座布団を二つ折りにし、即席枕で寝た。

朝になると優香は、蒸発したようにいなくなっていた。

ボクはソファと即席枕が良くなかったみたいで、首を完全に寝違え、左を向けない状態で歩いている。両手に大関に渡す荷物を持って、明菜と病院へ向かっていた。

ボクが寝違えたことを知って、明菜は繰り返し左側にまわりこみ、「ねえ」と声をかけてくる。体ごと左に向けると、上を向いて陽気に声を出して笑った。子どもは何度も同じことで笑えるものなのか。そのうち面倒くさくなり、左向きのまま蟹歩きで進むと、明菜はガードレールに寄りかかってお腹を抱えて笑っている。屈託なく、ここまでボクのすることを笑って喜ぶ生き物に生まれて初めて会った。調子に乗って、ぐるぐる左にまわりながら歩くと、「もう飽きた」と真顔になった。こんなに忖度しない人間も初めてだった。

大関は五反田にある総合病院に入院している。優香の「五反田マーメイド」から目と鼻の先にその病院はあった。

暗く沈んだ声の大関の電話で、賑やかな食卓はボクひとりお通夜か最後の晩餐みたいになってしまった。大関に会うのが大きなプレッシャーとなる日が来るなんて、ほんの一週間前には思いもよらなかった。

今朝、明菜とふたりきりになり、思わず大関のことを話してしまった。明菜は「わたしも付きあってあげるよ」と言い出した。病院なんて面白い場所ではないし、夏休みの初日が「末期癌患者の見舞い」になるのは、小学生の女の子にはあんまりだから、付き添いは断った。でも、明菜からタオルだけでなく下着の替えや雑誌、漫画誌も持っていってあげたほうがいいと言われ、ボクよりしっかりしていて、頼りになりそうだった。「家にいてもやることないから」と言う明菜の勢いに押され、同行してもらうことにした。

大関は独身だが、両親は千葉在住で健在だったはずだし、テレビ局と関連会社には部下や知り合いが大勢いる。なのに、どうしてボクに頼んできたのだろう。社会人になると、友達が出来にくいと言われるが、あながち間違いではない。少なくともボクには当てはまる。大関とはクライアントと呼ぶほどドライな関係ではないが、知人や友人と呼ぶのも違和感があった。自分の一方的な思い込みかもしれないが、大関との関係は名づけようのないものになっていた。

「やっぱ、ひとつあげるよ」

病院が近づいてくると明菜は「元気出せ」といった感じで、励ますようにピノの箱をボクに差し出す。

「ありがとう」

ボクは立ち止まって、ピノをひとつもらう。公道に規則正しく植えられた桜の木々が青々と生い茂り、カメラのフラッシュのような陽光が枝と葉の間を縫ってボクたちを照らす。チョコレートの冷たさと甘さが沁みて、ボクは明菜と同い歳だった頃の夏休みの一日を思い出していた。

それは今日みたいに夏休みが始まって間もない日だった。ボクは喘息持ちで体が弱く、母はまだ若かった。

母の穿いていた淡いブルーのロングスカートは、熱帯魚の尾っぽのように風になびいて美しかった。その日、坂道を上りきったところにあった市民プールに急いでいた。市民プールはあと三十分で閉まるというギリギリの時間だった。急に泳ぎたくなって、母に無理を言って、ボクは針葉樹の茂る坂道を走った。

「そんなに走ったら、発作が出るって」

母は息のあがった声で心配そうに後ろから呼びかける。いつも一緒だった柴犬のジョンは、あの日、どうしていなかったのだろう。思い出せない。なんとか間に合って、十五分くらいだけ泳いだ。母はプールサイドで「気をつけなさいよ」と言いながら、いつ買ったのか、アイスクリームを舐めている。ボクは二度三度、二十五メートルプールを行き来した。水中に顔を沈めていても、母の声は聞こえる。さすがにすこし泳ぎ疲れて足をつく。左耳の水を抜こうとするがどうしても抜けない。ボクは母を探した。風が当たると、水の中よりも冷たさを感じる。終了間近のプールは、人もまばらだ。蟬の合唱がうるさい。ボクの名前が呼ばれる。振り返ると、母はアイスクリームを自由の女神みたいに掲げて、満面に笑みを浮かべていた。母の背景は夕焼けの始まりと夏の木々の青さがグラデーションのように溶け合っている。左耳に入った水のせいで、こちらに向かって叫んでいる声が聞こえなかった。母の口はたしかに何かを語りかけていたはずなのに、記憶が滲んで思い出せないでいる。

「区民プール、七月中は十二歳までなら無料なんだって」

「ん?」

「ちゃんと聞いてた? 区民プールが無料」

何度も言わせないでよ、といった感じで明菜は頰をふくらませている。

「どこに、そう書いてあったの?」

「違うよ、いま、すれ違った男の子が大声で話してたじゃん」

「あーそうなんだ」

「あーそうなんだよ」

明菜はそう言うと、ボクを追い越してズカズカと歩いていった。

病院に着くと、地下の売店で大関の見舞い用のりんごジュースとミネラルウォーター、それに大関が漫画雑誌モーニングを欠かさず読んでいたことを思い出し、買い足した。

事前に聞いていた相部屋の番号を受付に告げると、3階だと指示された。相部屋の前でボクは深呼吸をひとつした。明菜もすこし強張った顔になっている。部屋のどこからか咳の音がずっと聞こえる。ボクは覚悟を決めて、ゆっくりと出来るだけ音を立てないように室内に入る。外の名札で左の窓側だということは、確認済みだ。

大関のベッドはカーテンで囲われている。音は聞こえない。咳込んでいた主《ぬし》は大関の向かいの老人だった。明菜はカーテンをそっと開けて、中を覗く。

「死んでるよ」

「おい」

小声で注意して、彼女の頭上からボクもカーテンを開けて中を覗く。

ボクが無言で頷くと、明菜は「おじゃまします」と小声で言って、カーテンのうちに入った。

大関の左腕には二本の管が刺さっていて、点滴につながれていた。耳を澄ますと、一定のリズムで小さくいびきをかいている。「んがっ」と喉に何か詰まったような音を立てたが、また小さないびきをかき始めた。明菜は中腰になって、一定のリズムで落ちる点滴の行方を珍しそうに眺めている。病室は独特のこもった空気で、暑くもなく、涼しくもない。

ボクは窓の外の景色を見てみた。立派な枝振りの銀杏《いちょう》の木が目の前に一本立っている。窓側のカーテンを静かに開けると、大関がすこし眩しそうに顔をしかめた。

「おう」

大関が目を覚ます。

「起こしちゃって、すみません」

「ウトウトしてただけだ。それにしても驚いたぞ。急に『子どもを連れていく』なんてメールを送ってくるからさ。オレに内緒で隠し子とはな」

「違いますって。これにはいろいろ事情があるんです」

「いろいろ事情があって、おまえの娘なんだろ」

「父がいつもお世話になってます」

明菜はそう言って、大関に頭を下げて、カッカッカと笑った。

「おい」

ボクは明菜の頭を小突く。

「悪いな、わざわざ。隠し子同伴で来てくれて」

大関はすこし掠《かす》れた声ながら、いつものようにおチャラけた。大関の唇のカサつきが気になった。さっきまで咳込んでいた老人は、今度は痰が絡まったみたいで、さらに苦しそうだ。

「お父さんから聞いてるかもしれないけど、オレの名前は大相撲の横綱大関の大関」

「わたしの名前は、中森明菜の明菜。おじさんたちには、覚えやすいでしょ？」

明菜は物怖じせず、自分より社交性がある。ああいう親の子は、あまり人見知りしないのかもしれない。明菜はボクをチラッと見てから、大関のめくれた掛け布団を丁寧に直して、パンパンとやった。

「こんな辛気《しんき》くさいところじゃなくて、いまは薬が効いてるから、屋上に行こうぜ。ドラマだと病人と見舞い客は、屋上で話をするだろ」

大関はそう言って、体を起こそうとする。

「ムリしないでください」

「行きたい、屋上！」

ボクの言葉を遮って、明菜は静かな部屋に響きわたる声で言った。大関はひとさし指で「シー！」と明菜の口を制し、うれしそうに「行くか」とひそひそ声で明菜を促す。変わらない軽さにすこし安堵する。

「ここの屋上からはな、東京タワーとスカイツリーのどっちも見えるんだ。すげえだろ」

大関は明菜に誇らしげに話しかける。

「わたし、両方とも行ったことない！」

「それはそこのお父さんに頼むしかないな」

大関がいつものトーンで話すと、咳込んでいた老人が大きめな咳をひとつした。大関がもう一度、「シー!」とやる。明菜もマネして「シー!」とやった。

屋上の子どもたち

「幸せとは？　みたいなバカなことを考えなくなったよ」

屋上にあがり、錆の浮いたベンチに腰をかけると、大関はおもむろに語り出した。明菜は「うわあ、めちゃ広い！」と歓びの声をあげる。草野球が出来そうな広さの屋上が気に入ったみたいで、あっという間に、行き止まりのフェンスまで走って行く。明菜が難しいことを考えず、解き放たれ、ダッシュしている姿にホッとする。親や大人への失望とか、そんなことを忘れて、夏休みを楽しんでほしいと勝手に考えていた。明菜は、スキップしながら、こっちに戻ってくる。そんな姿を見ていると、さっきまでの大関に対する重苦しい気持ちもすこしやわらぐ。

「五反田マーメイドって、このすぐ近くだろ」

大関はパジャマの胸ポケットから両切り煙草とジッポーを取り出し、キンッと金属音を立てて火をつける。

「入院患者がジッポーでいい音立てて、何してるんすか。煙草はドクターストップかかってるんじゃないですか？」

「これ、視聴率二十パーセント超えたときに配られたレア物」

年季の入ったジッポーには番組名とともに『祝！　視聴率20％突破』と刻印されていた。

もう一度、慣れた手つきで「キンッ」と金属音を響かせる。明菜は屋上のフェンスギリギリに立ち、両手を思いっきり広げていた。

「子どもってのは、面白いもんだな。オレの人生には縁がなかったけど」

風がテンポよく吹いていた。

「あの子、お父さんがいないらしくて」

「で、お前がお父さんだとDNA検査で判明したんだな」

「判明してませんよ」

ムキになってボクは応える。

「それにしても、お前が子守りとはな。らしくない」

ボクはこれまでのなりゆきを大関に説明した。たまたまマンションのエントランスで傘を貸し、たまたま話すようになって、たまたま同じフロアだったこと。そして明菜の母親が突然夜中にやって来て、明菜が部屋に転がり込んできたこと。明菜が優香に会っていることは伏せておいた。

「たまたま尽くしだな。児童への淫行容疑とかで、しょっぴかれたりするなよ」

「絶対大丈夫です」

「気をつけろよ。オレたちみたいなはぐれ者は、信用がねえから。それにしても人間、先のことはわかんねえぞ」

大関は空を仰ぎ、煙草の煙を気持ちよく吐いた。

「いきなりステージ4の松になったオレが言うんだから、説得力あんだろ」

そう言って青空を指差すと、その指を明菜に合わせる。

「お前、意外と、いい父親になれるのかもしれないな」

「ムリですよ、子どもは。自分も子どもに縁がない人生だと思っていたのに、こんなバグみたいなことが起きて、まだ飲み込めてないです」

「オレだって、自分の病気のことを、まだ飲み込めてないよ」

「それはそうでしょうけど……」

「残酷なくらい否応なしだ。オレの癌も、お前のバグも、あの子に父親がいないことも」

明菜に目をやると、自分の背丈よりすこし高いフェンスを必死によじ登ろうとしている。

雲のかけらが切れ切れに散らかるように浮かんで、空は悲しいくらいに真っ青だ。ボクは太陽の眩しい光に手をかざす。いったん明菜の動きが止まり、勢いをつけてフェンスをまたいだ。

「おい！」

大関が腹から大声を出す。

「危ないよ！」

ボクもほぼ同時に明菜を呼び止めた。それでも明菜はボクらを背にして、年季の入ったフェンスの上に腰掛けて振り向きもしない。

「おーい！」

大関とボクの声が重なる。明菜はプールサイドでバタ足をするように足を泳がせ、ボクらの声を気にも留めない。こちらが黙ると、ゆっくりと振り返った。フェンスの先は一メートルくらいのスペースがあったが、何かの拍子で尻を滑らせたら、真っ逆さまだ。

「何してんだよ。降りてこい！」

ボクは怒気をこめて声を張り上げる。明菜はまた無視して、足をパタパタさせていたが、「おいおい」と近づいていくと、「はいはい、わ、か、り、ま、し、た」と言って、くるりと半回転し、フェンスから飛び降りた。スカートをパンパンと叩いて、靴下をきゅっと引き上げる。とぼとぼと歩いてくるが、「大きい声出さないで」とむくれる。

ボクが近づいていくと、明菜は受けて立つかのようにバスケットのドリブルの真似をして行ったり来たりしている。ボクが両手を広げると、明菜はクルッとまわって、「ははは」とわざと声をあげて笑い、反対側のフェンスまでまた走って行った。

カキンッ、と金属音がまた鳴った。振り返ると、大関が二本目の煙草に火をつけている。明菜が駆け足で戻ってくる。

「それ吸ったら罰金一億円だよ！」

大関の前で、レフリーのように仁王立ちになり、警告を発した。

「明菜、こわ」

「こわ、じゃないよ。死ぬよ」

「おじさんはね、煙草を吸っても吸わなくても、死んじゃいそうなんだ」

「ダメ、罰金一億円」

大関は苦笑いを浮かべ、煙草をコンクリートに押しつけて消した。ボクは大関の横に腰かける。屋上のコンクリートのところどころには亀裂があり、名前のわからない小さな薄紫色の花がいくつも咲いていた。

「わー、空がきれい！」

突然、女の子の大きな声が背後から聞こえ、声のしたほうを見る。家族らしき四人が屋上にあがってきた。患者であり息子であろう男の子は、リクライニング式の車イスに寝たまま微動だにしない。女の子は妹だろうか。

大関が「ミトコンドリア脳筋症なんだって」と言った。

「ミトコン？」

明菜は顔をあげ、首をかしげる。

屋上には白いシーツが何枚も干され、風が吹くと、国旗がはためくようにバサバサと音を立てている。

「あの家族に昨日もここで会ったんだ。彼は全身の筋力が低下して、浮腫《むく》んで目蓋《まぶた》すらうまく開けられない状態になる病気らしい」

母親であろう女性が車イスを押している。そのまわりをぐるぐる走っている女の子は、明菜より少し年下に見えた。

「気をつけなさいよー」とやさしく注意する母親をよそに、女の子はフェンスに向かって走って行く。父親も笑いながら優しく眺めている。

「ここにいるとヒマじゃん。思わず話しかけちゃった」

「失礼なこと言ってないでしょうね」

「会話は出来るんですか？　って訊いただけだよ」

「それ、失礼ですよ」

「そうかな？　お父さんとお母さんはちゃんと説明してくれたぞ。喉の真ん中のところに穴開けるまでは、話せたんだってさ。小学校を卒業するまでは元気で、地元のリトルリーグでピッチャーをやっていたらしい」

「そうやって、ずけずけと……」

「テレビ屋の悪い癖だって言いたいんだろ。でも、訊かずにいられなかった」

大関は珍しく真顔になる。「穴を開ける直前、あの母親が濡れた手ぬぐいで口元を拭いてやったとき、寝たきりになっていた彼がひと言、話したらしいんだ」

「なんて言ったの？」

明菜はしゃがんで、大関に問いかける。

「お母さん、産んでくれてありがとう」

明菜は眩しそうに目を伏せた。

「一緒にいた父親が、そう聞こえただけかもしれませんが、と言っていたけどな」

「治らないの？」と明菜は顔をあげて質問をした。

「それは訊けなかった」

「でも、どういう形にせよ、いま生きていることには意味があるんだよ。意味を見出さなきゃいけないんだよ」

大関は、彼とその家族のことを話しているのか、自分自身に言い聞かせているのかわからない言葉を淡々と口にした。

明菜は、その家族を見つめながら黙っている。

大関が点滴の管を器用にずらしながら前かがみになり、「フゥ」と短く息を吐いた。

「きれいだね、この小さな花」

明菜は、大関の前で咲いていた小さな薄紫色の花の頭をやさしく撫でた。遠くの空に灰色の雲が立ちこめている。ひと雨、来るのかもしれない。

☁

「じゃあ、写真撮りますよ」

明菜がそう言って、準備の出来ていないボクと大関にスマートフォンを向けた。カシャカシャカシャと連写音がし、「はい、チーズ！　とか、撮る前にねーのかよ？」と大関が笑いながら突っ込む。

「ほら」と撮った写真を明菜がボクらに見せてくれる。

「いいアングルじゃねえか。カメラマンさん、いま撮った写真、送ってよ」と大関がお願いする。

「いいよ、LINE教えて」

「おお、女の子にLINE、訊かれちゃったよ」

大関はうれしそうにはしゃぐ。

「おい、明菜、中森明菜の曲だと何が好きなんだ？」

「知ってるわけないでしょ」

明菜より先にボクが突っ込んだ。

「知ってるよなあ？」

大関が点滴の固定されている鉄の棒をマイクに見立て「ラブ イズ ザ ミステリィ～わたしを呼ぶの～愛はミステリィ～不思議な力で～」と掠れ声で熱唱する。

「あっ！ 知ってる！ お母さんが機嫌がいいとき、それ歌ってる」

「やっぱ、明菜の名前は中森明菜からとったんだよ。この曲、『北ウイング』っていうんだ。鹿児島のスナックのママがこの曲、うまくてさ、南の島で聴く『北ウイング』はサイコーだったな」

「なに、その話？」

明菜はまたフェンスぎりぎりのところへ走って行った。

「お前の娘にしちゃ、上出来だな」

どっかりとベンチに腰をかけた大関が言う。

「そう見えますか？」

「出来が良すぎて、お前の娘には見えないくらいだ。あの子はしっかりしているから心配ないけど、お前は心配だ」

「どういうことですか？」

大関は何も答えず、ボクにジッポーをひょいと投げてくる。

「それ、やる」

ぶっきらぼうに言う。

「煙草吸わないんで、いいっすよ」とボクが返そうとすると、「こういうときは貰っとくもんだ。オレが持っていたら、また吸っちゃうからさ。一億円の罰金取られたら、葬式出せないだろ」

「預かっておきます」

ボクは恭しく両手で受け取ったふりをし、ズボンの後ろポケットにストンとしまう。


病室のあるフロアのエレベーター前で大関と別れ、五反田駅横の喫茶室ルノアールに明菜と入った。アイスココアを高速で飲む明菜をたしなめながら、最近になってコーヒーが飲めるようになったと自慢した。

「おそっ。おじさんになっても、新しく何か出来るようになったりするんだ。わたしもおばさんになったら、ピーマンが食べられるようになったりするのかな」

「すげえ言い草だな」

「マンションの鍵、貸してよ」

明菜はそう言って、右手を出す。

「なんで?」

「先、帰るから」

「なんでだよ」

「なんでも」

「危ないよ」

「何が?」

「ひとりで帰るのは」

「わたしは、いつもひとりだったよ」

「だから、今日は一緒に帰るよ」

「これから仕事なんでしょ?　大関さんが言ってた」

「大関が?　いつだよ?」

「さっき、トイレに行ってたとき。だから、ちゃんと仕事して」

「してるよ。かなりしてるよ、いつも」

「はいはい。じゃ、鍵、貸して」

「うちでなく、君は自分の部屋に帰らないと」

「今日は別にうちには帰りたくないんだけど」

明菜は外を行き交う人々を見ながら言う。

「今日は優香はいないし、ダメだ」

明菜は言い返してこない。

「とりあえず大関に電話してみるよ」

「ごはんを作っておくよ。だから、鍵!」

一転して明るく言われ、カツアゲされるように鍵を渡してしまった。

喫茶室ルノアールを出て、JRの駅の改札までは送ることにした。

「チャージは?」と訊くと、「三千円以下になったことないんですけど」と強気に言い返される。あの母親はお金に関しては不自由させていないようだ。明菜はあっさり改札に入って行った。

改札口周辺を行き交うのは、ほとんどがサラリーマンといった大人たちで、明菜の姿はすぐに見えなくなってしまう。背伸びをして彼女の姿を追うと、明菜も立ち止まって、スーツ姿の大人たちの間からこっちを見ている。

目が合う。

手を振ると、「はあ?」と呆れたような表情で笑われる。そのあと、「またね」と明菜の口が動いて、小走りで人混みの中に消えて行った。後ろ姿を見届け、スマートフォンで大関に電話を入れる。

「はい、こちら五反田マーメイドです」

病室にいるのか、大関が声をひそめて出る。

「あの子に何を吹き込んだんですか？」

「Ｆ－１グランプリの予約取っておいたぞ」

「頼んでないですよ」

「気が利くんだよ、オレは」

大関の声が本格的にヒソヒソ声になる。

「ったく」

「いいから走れ。予約の時間まであと五分もないぞ」

大関はそう言うと、いつものように一方的に電話を切った。空には濃い灰色の雲が本格的に立ちこめてきて、スマートフォンの天気予報がゲリラ豪雨を警告している。まったりとした夏の空気が五反田を支配していた。

天を仰ぐように空を見上げる。さっきまで陽射しに焼かれていたアスファルトに黒い点がポツ、ポツ、ポツポツポツポツ、とまだらに付いていく。あっという間に雨が本降りになる。

後ろのポケットに指を突っ込んで、大関のジッポーを握りしめた。五反田マーメイドのある猥雑な路地に向かって走り出す。十字路の右端に『１９９９』とコバルトブルーのネオン管が鮮やかなショットバーが見える。まだ昼間なのに客がちらほらと入っているように見えた。雨は容赦なく激しさを増し、そのショットバーの軒先で少しの間、雨宿りをさせてもらう。ポケットで丸まっていたハンカチで、濡れた髪の毛や肩を拭いてまわる。そのタイミングでスマートフォンが鳴った。優香からだった。

「いま、どこ？」

「そっちへ向かっているところ」

「よかった。同姓の違う人の予約かと思った」

「こっちも、いろいろあってさ……」

ボクは口ごもる。最近、こんなことばかりだ。

「今朝、予約を確認したら、あなたの名前があったから、お弁当作ってきたよ」

「お弁当？」

「一緒に食べるって約束したでしょ」

「それって、本当だったの？」

「嘘だと思ったの？　私、本当のことしか言わないんだけど」

「嘘つき」

優香が電話口で笑う。

「いま外はゲリラ豪雨なんだ。ショットバーの軒先で雨宿りしてて」

「遅刻するの？」

「遅刻はしない。行くよ。いますぐ行く」

着ていたジャケットを頭からかぶり、ショットバーの軒先からまた走り出した。

傘をさしたサラリーマンの集団とぶつかりそうになるが、ギリギリですり抜ける。

もう一人、前を歩いていた老人をかわす。明菜にビニール傘を買ってやればよかった。

雨がさらに一段と激しくなる。走るたびにずぶ濡れの靴がグチュグチュと気持ちの悪い音を立てた。

人が握ってくれたおにぎりを、何年食べてないだろう

五反田はいびつな街だ。山手線の駅のホームから「ヘルス」だとか「ソープランド」なんて露骨な看板が見える一方で、駅からすこし離れると、高級住宅地が突然広がっている。美智子皇后陛下の生家跡もある。ビジネス街でもあり、いくつものベンチャー企業がオフィスを構えている。映画の編集室や制作会社も多く点在する。その混沌とした街並みに溶け込むように、昔ながらのラブホテルがあり、高級から激安の風俗店が雑居ビルの中に身を潜めるように営業している。猥雑で複雑、複数の顔を持つ街、それが五反田だ。

そんな街の底の底、どんつきに「五反田マーメイド」はある。どんつきの掃きだめからF－1グランプリの優勝者が出て、五反田のその筋は盛り上がっているらしい。風俗案内所の入り口には、優香の載った雑誌のグラビアが切り取られて飾られ、優香を表紙にしたエリアマップとゴールドの水着で胸を寄せてウインクしている優香の特大ポスターが作られていると、ネット掲示板に出ていた。

肉眼ではっきり見えるほどの横殴りの雨の五反田をボクは走る。過剰に加工され、アンドロイドのようにも見える優香のポスターが雨に激しく濡れ、何枚も剥がれ落ちそうになっている。初めて一緒に迎えた朝、幼い子どもたちをぼんやりと眺めていた彼女の横顔を思い出す。背中をツーッと雨の雫《しずく》が流れ落ちる。雨を上着で遮ることを諦めて、濡れるにまかせ、ボクは走った。


「いらっしゃい……ませ」

自動ドアが開いた瞬間、びしょ濡れ過ぎるボクを見て、厳つい白竜似のボーイも、さすがに言葉を詰まらせた。今日はまた安い消毒液の匂いが一段とキツい。オレンジ色の使用済みタオルの入ったサンタクロースが担いでいるような袋が四つ、受付の横にドスンと積まれている。店は大繁盛のようだ。

名前を告げた。もう一人いたボーイが白竜似に耳打ちをする。

「いつもご利用いただき、ありがとうございます。今日からゴールド会員様ということでカードを発行させていただきました」

「はあ、どうも」と応えながら、悪趣味な金色のカードを財布にしまった。

すこしもったいぶって、白竜似がカーテンの縁を持ち、勢いよくサッと引く。文化祭のような安っぽいライトが眩しかった。優香が薄紫色の下着姿で立っていた。さっき見たポスター同様、商業的な笑顔を浮かべていたが、捨て犬さながらにびしょ濡れのボクを目にした途端、手を叩いて吹き出した。そのストレートなレスポンスと表情には、ポスターのあふれんばかりの色気は抜け落ちていたが、数十倍の魅力があった。

「ユカさん、お客さまに失礼では……」

白竜似が諫めるが、優香は爆笑をやめない。優香が手を叩くたび、ボディソープの匂いが撒布され、安い消毒液の匂いとあいまって、むせ返りそうになる。

「これでも必死に走ってきたんだけど」

「にしても濡れすぎでしょ！」

「だからゲリラ豪雨なんだって」

「ツイッターで渋谷の動画があがっていて、たしかに雨、すごいようだけどさ」

「この辺もひどいんだって」

「びしょ濡れで会いに来てくれるって、映画みたい。そういう映画あったよね？」

優香の笑顔と爆笑が伝染して、ついボクも笑ってしまう。その人の見せる笑顔に気持ちの紐が解《ほど》けたら、恋に落ちたと認定してもいいのかもしれない。

白竜似は所在なさげにボクたちのやりとりを聞いている。前髪から垂れてくる雨粒がうっとうしくなり、両手で髪の毛を掻き上げ、オールバックにする。

「いま、タオルをお持ちいたします」

「いいよ、早くシャワー浴びよう。風邪ひくよ」

白竜似の申し出を制して、優香が腕を摑む。赤い絨毯の敷かれた例の妖しい廊下のほうへとボクを誘う。促されるようにして、ボクは歩き出す。途中、ちょっと気になり、立ち止まって振り向くと、白竜似はボーッとボクたちを眺めていた。

「どうしたの？　急に立ち止まらないでよ」

優香に急かされる。

「ごゆっくりお楽しみください」

白竜似は取ってつけたような大声をあげ、現実世界との境界線となるカーテンを閉めた。遮断された廊下にシャンデリアを摸した安い照明が曇った光を放っている。優香の柔らかく豊かな胸を二の腕に感じる。一番奥の彼女の部屋は半ドアで開いていて、橙色の光がすこし漏れていた。通り過ぎた部屋の内側から客と女の会話が聞こえてくる。何を話しているか、内容まではわからない。じゃれあっている会話がシャワーの音にまじって、ところどころ掻き消される。その他の部屋から人の気配はしなかった。優香は鼻歌を歌いながら、巣に帰る動物のように歩く。

「到着！」

優香が半分開いていたドアを器用に片足で開ける。クーラーのものすごい冷気が入り口から漏れてきた。

「さむっ」

全身びしょ濡れのボクにはこたえる寒さだ。

「この前、『サウナみたい』って言われたから、最低温度に設定して、今日は南極にしておきました」と誇らしげに言われる。彼女の体からまたボディソープの香りが匂い立つ。今日、何度シャワーを浴びて、何度ボディソープを全身に塗りたくったのだろう。そんなことを訊いてみたくなったが、訊けるわけがなかった。

「さっきのボーイってさ、白竜に似ているよね」

「白竜って、誰だっけ？」

「コワモテの役者」

「日本のドラマ見ないから知らない。気になるの？」

「いや別に。ただボーイって、どうなのかなと思って」

「ここで働いてみる？」

「どうして？」

「サウナにも南極にもなる場所って、そうはないでしょ」

不思議と悪い気はしなかった。いまの仕事を辞めて、別の場所で働いたらどうなんだろう？　そんなことをよく想像する。近所の洋食屋や旅先の温泉旅館、クライアントの会議室でもつい考えてしまう。

——ここではない何処かへ。

そんな夢を見られる年齢ではないことは、よくわかっている。ただ、十代や二十代の頃と考え方や気持ちは、ほとんど変わっていない。自分でも呆れるくらい未だに、ここではない何処かへの逃避を夢見てしまう。年相応に考え方や身の振り方を変えていける人が信じられない。そういう人は羨ましいが、そういう人になりたくはない。

「こころ、ここにあらずね」

優香が不機嫌そうに、ボクの顔を覗き込む。

「ごめん、いろんなことが思い浮かんできて、ボーッとしちゃった」

「だったら、ひとりでボーッとしていたら」

「ごめん」

「さっきも電話で話したけど、あなたの声を聞くまで、疑っていたの。だって、予約はあなたの名前なのに発信元のメアドは『ohzeki』になっていたから」

「その『ohzeki』はあの披露宴の二次会で一緒だった、太ったディレクターだよ」

「あなたにこの店と私のことを教えた、あのお節介な人か。今日はどんなミッションで、あなたはここに送り込まれたの？」

優香は棘のある言葉とバスタオルを投げつけてくる。ボクはびしょびしょの服を脱いで、ガサガサと髪の毛をバスタオルで拭いた。

「ミッションじゃなくて、彼流のサプライズらしい。今日は明菜と一緒に、彼の見舞いに行ったんだ」

「お見舞い？」

「癌なんだ。それもかなり末期の」

「脂ぎった、元気な人にしか見えなかったけど」

「痛みは前からかなりあったらしい。あの次の日、痛みに耐えられなくなって病院に行ったら即入院になってさ」

「人ってわからないね」

「そうだね。でも大関はサービス精神のかたまりで、一緒に連れて行った明菜を歓迎して、中森明菜の『北ウイング』を熱唱しちゃったりしてさ。彼は彼なりに不条理を乗り切ろうとしているようだったけど、でもやっぱり、普通ってわけにはいかないよね」

「そういう人ってさ、一緒に笑いあえる人はまわりにたくさんいそうだけど、一緒に泣いてくれる人って、あまりいないのかもね」

「一緒に泣いてくれる人か……」

「よくわかんないけど。風邪ひくから、早くシャワー浴びない？」

「うん」

ポタポタと前髪から、まだ水滴が落ちていた。ぐっしょりの下着を脱いでカゴに入れる。彼女も下着をあっさり脱ぎ、熱めに設定したシャワーでボクの冷えた体を隅々まで温めてくれる。

「すこし温まっていてよ」

先にシャワーから出た優香は、大きめのお尻をこちらに向け、『北ウイング』を口ずさみながら、ベッドの下に手を伸ばし、何かごそごそとやっている。ボクが充分温まって、シャワーを浴びるのをやめ、タオルで髪の毛を拭いていると、「はい、お弁当」と両手でアルミホイルに包まれたものを差し出してくる。

「おにぎりと唐揚げ。夕飯の時間にはすこし早いけど、お腹、すいてる?」

「うん」

「よかった」

アルミホイル越しに匂いを嗅いでみる。海苔の匂いがうっすらとする。

「腐ってないから」

「いや、いい匂いだなと思って」

「へえ」

ベッドの縁に腰かけ、アルミホイルをみかんの皮をむくように丁寧に開ける。優香はボクの背後にまわり、左肩に顎を乗っけて、指の動きを眺めている。もとは三角だったのに楕円形に変形したとおぼしき大きめのおにぎりが二個と唐揚げがふたつ、抱き合うように現れた。

「いただきます」

「一個、ちょうだい」

背中から優香の手が伸びる。左の耳元でハムハムとおにぎりを食べる音がする。

「シャケのほうだった」

頬張りながら彼女は、もうひとつのおにぎりを取って、ボクの口に運んでくれる。そのまま頬張った。

五反田のどんつきの風俗店で、さっきまでびしょ濡れだった中年男と、船底のような部屋を根城にする女が、抱き合ったり、舐め合ったり、嚙んだり、しゃぶったりするベッドの縁に腰かけて、おにぎりを頬張っている。そんなことを考えていると、この壁の向こうには、世界が存在していないような開放感と恍惚がこみあげてきた。部屋の壁に備えつけられた横長の汚れた鏡には、ふたりの姿が映し出されている。ボクはなるべく鏡を見ないようにした。現実を目にしたくなかったからだ。ここは五反田の海の底、甲板の上には高層ビルと欲望が無限に屹立《きつりつ》している。優香が唐揚げを半分ちぎるように食べ、手をベトベトにしながら残りをボクの口に運んでくれる。ベトベトの指が、ボクの口の中に挿入されて、遊ぶように歯茎や舌を撫でまわす。

「おいしいでしょ?」

肩口に顎を乗せたままの優香のほうを向くと、彼女の柔らかい唇に触れた。

彼女の下腹部に手を伸ばそうとする。彼女はその手を丁寧に払って、自分の指をボクの人差し指に絡ませる。

「さっき『ここで働いてみる?』って誘われたとき、うれしかったな」

「働いてみる気なんて、ちっともないくせに」

ボクの指を彼女は自ら、自分の下腹部へと導く。

「そんなことない。いつも転職と逃避を夢見てる」

「よくそんな感じで、人生やってこれたね」

「やり過ごしてきただけだよ。いい加減だからさ」

「あなたはいい加減じゃない。今日も雨の中、遅れずに来てくれたじゃない。明菜ちゃんの面倒もみている。いい加減で、もっとひどい大人を私はたくさん見てきたからわかるよ」

彼女の指が、ボクの背中を柔らかく撫でる。優香はボクをベッドに押し倒した。

「懐かしい匂いがする」

彼女が目を閉じたまま、ボクの首筋の匂いを嗅いで、そうつぶやく。

「私さ」

彼女はすこし口ごもる。そのとき、無情にもアラームが鳴り響く。

「延長しようか？」

「次の予約、入ってる。人気者だから」

「そっか」

「やっぱり、ここで働けば？」

「そうしようかな」

「嘘つき」

きっとたくさんの嘘にまみれた会話をボクらは交わしている。優香は下着を身につけながら、今度は韓国語のバラードを小さく口ずさんでいた。

五反田マーメイドから直帰すると仕事終わりが早すぎる気がして、二時間近く駅前の本屋やドトールで時間をつぶした。目黒に着いた頃には、傘をさす人とささない人の割合は半々ぐらいの霧雨になっていた。

夏の霧雨は気持ちがいい。信号待ちをしているのはボクだけで、右からも左からも車が来る気配がなく、信号を無視した。遠くの空は晴れていた。高層だけが取り柄のマンションを下からまじまじと眺める。指で順に数えていく。自分の部屋にかすかに灯りがともっているのが見える。他に灯りがついている部屋はほとんどなく、大関が幽霊マンションの企画でここを使ったのは、あながち見当違いではなかったのかもしれない。

「またにしようね」

若い母親が我が子にそう話しかけながら、横を通り過ぎていった。マンションの前には引越しのトラックが二台停まっている。半乾きのハンカチで濡れた箇所を拭き取って、オートロックの前で805と入力して呼び出しボタンを押す。応答の声はしないまま、解錠された。

エレベーターのドアが開いた瞬間、8階のホールの全面窓から射しこむ夕陽と目が合う。空気は暑くも涼しくも息苦しくもない。ボクは、805号室のインターフォンを押した。

「おかえりなさい」

インターフォン越しにザラついた明菜の声が聞こえた。ロックが解かれてドアが開けられる。

「ただいま」

言い慣れない言葉がすぐに口をついて出て、我ながら可笑しい。味噌汁の匂いがする。料理をしていたからか、部屋の空気がこころなしか温かい。音楽が聴こえる。人の暮らしている匂いがする。キッチンにだけ灯りがともり、部屋はまだ薄暗かった。

明菜はエプロンをつけている。808号室から持って来たのだろう。エプロンにはイラストや模様はなく、まじりけのない赤い色が、明菜によく似合っていた。窓が開いていて、気持ちの良い南風が吹き込んでくる。音楽だと思った音は、なんてことはない、テレビから聴こえるクイズ番組の音だった。

「すごい雨が降ってきたから、買い物しないで帰ってきちゃった。ごはんはおにぎりと味噌汁でいい？」

明菜に背中を押されながら、リビングに入る。

「おにぎり？」

「もしかして、おにぎりキライな人？」

「いや、好きだけど」

今日のボクのラッキーアイテムは、おにぎりに違いない。しかもコンビニで売っているのではなく、人が握ってくれたものだ。最後に人の握ったおにぎりを食べたのは、いつだったろう。間違いなく数十年前で、回顧不能だ。そんな出来事が、一日に二回も起きた。

今年の夏はやけにバグが多い。幽霊に出会うよりも、バグな出来事がつづいて起きている。

「おにぎりの具は、何がいい？」

「何でもいいよ」

「何でもいいが、いちばんつまんないんだよ。人からガッカリされる言葉は『何でもいい』だから！」

子どもに徹底的にダメ出しをされる稀有な夏でもあった。

「帰り、雨は大丈夫だった？」

「傘、買ったに決まってるじゃん」

明菜はボクよりしっかりしている。大関が言うように、この子は心配ない。

「それより仕事はうまくいったの？」

「まあまあかな」

「なんか、大関さんと兄弟みたいだよね。漫画に出てきそう」

明菜の機嫌はすぐに良くなる。

「そんな感じに見えるかな」

「ネズミとブタの漫画みたい」

「そんな漫画あったっけ？」

「わたしは読んだことない」

明菜がケタケタ笑っていた。

二十代の頃、まるまる二週間、デスクで数時間仮眠を取るだけで働きつづける、なんてことはざらにあった。激務に精神と肉体がマヒし、気づいたときには何処へも行けない、行く気力もなくなっていた。そのことを初めて明かし、聞いてもらったのが大関だった。彼には不甲斐ない自分をさらけ出せた。理由は簡単で、彼は常に先に不甲斐ない自分をさらけ出してくれたからだ。

仕事ではいつも脇道にそれることを心がけていると話していた。

「大手を振って真ん中を歩いている奴が、意表をつく面白いものを、作れるわけねえだろ」

ある日、大関は真顔でそう言った。つづけて「その点、お前は脇道、路地、ドブさらい、その果てに迷子と、生れながらにして真ん中からドロップアウトしているから大丈夫だ」と複雑に褒めてくれた。

大関と一緒に二十代の頃、偉くなったら、晴れた日に高級ホテルのスイートルームで「あの頃」の話をアテに、冷えたシャンパンを飲みまくろう、と漫画みたいな夢を語り合っていた。大関はテレビ局の正社員で、ボクは下請けの末端、引け目や劣等感を感じるときもあった。いまもそれはあるかもしれない。大関も逆のことで同じように感じていただろう。十年、十五年と過ぎ、十歳、十五歳とお互い歳を取り、まわりはランダムに、でも確実に人が入れ替わって、ボクたちのもとを去っていった。気づけば、「あの頃」を知っている連中は数えるほどになっていた。大関が言うように、すべては否応なしだ。残る者と去る者の違いは、あってないようなものかもしれない。たまたまそうなっただけで、誰かが去った席は、次に違う誰かが座り、日々はつづく。誰が抜けても、日常はそう変わりはしない。

もう雨の音はしていなかった。後ろのポケットに入れていた大関のジッポーを、強く握ってみる。

「ただいま」

「それ、さっき聞いたよ」

明菜に呆れ気味に笑われる。

「今日、なんか良いことあったでしょ」

「どうだろう」

「なんかうれしそうに見える」

自分でもよくわからなかった。

明菜はそう言ってから、クルッと踵を返し、跳ねるようにキッチンに戻っていった。鼻をこすった指先から優香の気配がほんのりと香った。

どうかあなたが、あなたを愛し過ぎませんように

病室にはかなり大きな音の電動音が響いていた。その機械はすべて大関につながっている。

「今日は一緒じゃないのか？」

昨日より幾分、浮腫んで見える大関は電動ベッドをゆっくり起き上がらせる。

「ソファでつい昼寝してしまったら、いなくなっていて。こんな付箋を額に貼られていました」

ポケットからボクはくしゃくしゃになった付箋を伸ばして、大関の額に貼り付けた。大関は額からはがす。

「無料だからプールに行きます、あきな」

大関は声に出して読み、付箋をもう一度自分の額に貼った。

「無料なんて漢字、もう書けるんだな。自分の名前は平仮名だけど」

「小学生の間に常用漢字って全部習うんでしたっけ?」

大関にそう質問をしながら、ラジオを渡す。

「忘れた。そんなことより、早くプールへ行けよ」

「ラジオ持って来いってオーダーしたの大関さんじゃないですか」

昨日の夜、あれから五反田マーメイドに行ったメールを大関に送ると、「ラジオを持ってきてくれないか」と返信が届いた。いまはスマートフォンでラジオは聴けますよと教えたかったたが、見舞いに行く口実になると思い、持っていくことにした。

「ラジオは受け取った。ミッションは終了だ。プールへ行け。次のミッションだ」

大関は額の付箋をはがし、ボクに手渡す。目をつぶり、「話は以上」とでも言うように電動ベッドを元に戻す。大関のベッドのまわりは、カーテンが全開になり、四人部屋は大関とあと一人だけになっていた。

「隣の若いヤツは昨日の夜遅くに、向かいの咳してた爺さんは今日の朝、あっちへ行った」

あっちというのは、集中治療室なのか、それともあっちの世界なのか、怖くて訊けなかった。大関はひと晩で悟りを開いたように掌をかたく握っていた。

「人間も動物だから、わかるんだよ。自分の最期は」

「突然、なに言ってるんですか」

ボクはこの話に深入りしないで、何があっても誤魔化すことにする。頼まれたわけではないが、見舞いで持ってきた八朔の皮をむき始める。八朔の果肉に親指の爪を立ててしまい、果汁が四方八方に飛び散る。

「いい匂いだな」

大関は目を閉じたまま、穏やかにつぶやいた。

「派手に飛ばして、すみません」

「あとは自分でむくから、お前は早くプールに行け」

大関は点滴の刺さったほうの手でボクから八朔を奪う。

大関の白目の部分が充血していた。大関は両手で八朔を包むように持ち、鼻に近づける。掛け布団からはみ出した右足のくるぶしは、浮腫んでいるのか丸太ん棒のように、パンパンに腫れ上がっている。

「いい匂いだ」

「大関さん、点滴はもう終わってますね」

いいタイミングで、ふくよかな看護師が現れた。

「おー林さん、今日は昼勤の日だったっけ？　点滴が終わりなら、このあとキツいヤツを一発入れてくんねえかなあ」

「あれは先生が回数を決めて、同意書にサインしたでしょ。勝手に一発、というわけにはいかないんですよ」

「そこをなんとかしてくれるのが、白衣の天使、林さんなんじゃない」

「白衣の天使なんて言葉、いまどき誰も使ってませんよ。テレビの偉い人は、おだてるのがお上手ねえ」

看護師の林さんは慣れた感じで、大関の調子のいい言葉を受け流し、手際よく点滴を新しいものに差し替える。

「じゃあボクは、今日はもう引き上げますね」

「ああ」

「また来ます。欲しいものあったら、連絡してください」

ボクは短くそう言って、席を立った。

「ありがとうな」

大関は軽く右手をあげる。いつもの大関なら、ここで百二十パーセントふざけるのに、柔和な表情をただ浮かべている。頭を軽く下げて、病室をあとにしたが、嫌な胸騒ぎがし、後ろ髪を引かれた。廊下を出たところで、思わず立ち止まってしまう。ドアが開けっぱなしで、大関と話している看護師の林さんの声が、廊下にいてもよく聞こえる。

「昨日もいらしてましたよね、いまのひと。大関さんのお友達？　お仕事もあるでしょうし、これだけ暑いのに連日、お見舞いに来てくれてありがたいですねえ」

「つまらないこと頼めるのあいつだけなんだよ。どうなんだろうね、こんな人生」

ラジオのスイッチをまわしたみたいで天気予報が流れ始める。

「大関さん、つまらないこと頼める友達が一人いたら、いい人生よ。なんでも話せる人がいたら万々歳よ。私なんて話し相手だった娘がいまは反抗期真っ只中。最近はもっぱら猫が話し相手よ」

暗めのことを明るく言う看護師の話を聞いて焦燥感に襲われる。いまさら病室に引き返せない。いま戻ると、不吉な予感を大関は持つだろう。病室に忘れ物でもしてくれれば良かった。

大関はきっと大丈夫。

ボクは自分にそう言い聞かせ、エレベーターホールに向かって歩く。

明菜はひとりで区民プールへ行って、楽しめているのだろうか。淋しくないのだろうか。急に心配になり、知らず知らず足早になっていた。

目黒駅の改札を抜けてロータリーに出ると、空は奥行きがわからなくなる程に真っ青で、低層のビルや個人商店が縁取りされ、くっきりと見える。昨日の雨で水分補給した植物の匂いが濃厚に立ちこめていた。区民プールに向かう歩道には日陰がなく、直射日光をもろに浴びながら、トボトボと歩く。水着を持って来ていないことに気づいたが、そもそも水着を持っていない。夏にプールや海で泳いだことは社会人になってから一度もなかった。海には何度か行ったことはある。でも、いつも冬の海だった。

「冬の鹿児島の離島がいいんだよ」

そう教えてくれたのは大関だった。大関の職権乱用は甚だしく、ロケの現地視察という名目で鹿児島辺りの島々によく通っていた。

凍るように空気の冷たい冬のある夜、六本木の『一風堂』で、あっさりめの豚骨ラーメンを啜りながら、大関がしみじみと言った。

「鹿児島の離島の冬の飲み屋はとにかく最高だから。今度連れて行ってやる」

「遠慮しときます。誰が好き好んで離島の飲み屋へ冬に行くんですか」

「人生の醍醐味がわかってないな。お前は『一風堂』が流行ってから、豚骨スープのラーメンで、ひと儲けしよう！　なんて言い出すタイプだからな」

「言い出しませんよ。なんですか、それ？」

「人生だよ。人生、夏になったら南の島、ラーメンは豚骨スープだったら普通に飽きるだろ。人生に飽きたら人間終わりだよ」

「はあ？」

「夏でなく、冬に南の島をめざすのが人生に飽きない大人の知恵なわけ」

大関はいい感じで酔っ払っていて、相変わらず、その日もグダグダだった。

「替え玉、お願い。オレとこいつのところに」

大関はカウンター越しに注文をした。

「おい、明日から行くからな。鹿児島の離島」

大関は替え玉を注文するくらいのフランクさで鹿児島行きを勝手に決めた。そして本当に次の日の朝、鹿児島行きの航空機に大関とボクは乗っていた。この人は無駄に行動力だけはある。心底、そう感心したのを覚えている。行動するまでの腰の重さが地球くらい重いボクには、真逆な男と長年つるんでいることが摩訶不思議だった。

鹿児島空港からプロペラ機に乗り継いで、とある離島に渡った。観光客っぽい人は見あたらない。大関は『HOTEL ニューパラダイス』という誇大広告で名前負けしているホテルに三泊の宿泊予約を入れていた。

仕事で四日間拘束され、そのあと呑んで、〆で六本木の『一風堂』へ行き、ほとんど寝ないで羽田から鹿児島、離島へ向かう強行スケジュールだった。『HOTEL ニューパラダイス』の部屋に入った途端、ふたりとも身体をベッドに投げ出し、そのまま爆睡した。

区民プールの看板がやっと見えてきた。容赦ない陽射しの強さに頭の後ろと顔、上半身が汗でぐしょぐしょになっている。ポケットに入れっ放しで熱であつくなっているスマートフォンを取り出して、五反田マーメイドのホームページを検索する。太陽光が反射してスマートフォンの画面が見えづらい。在籍している女性たちのブログから優香を探す。優香ことユカの今日のブログには、スイカバーを舐めている写真が一枚貼り付けられ、「今日の予約、すべて埋まりました！　ひゃー！　ありがとう！」という言葉が綴られていた。

ボクは区民プールの手前にあるコンビニに入った。今度はクーラーの効きすぎで、店で働いている人の体調が心配になるレベルで涼しい。外との温度差は間違いなく十度以上はあるはずだ。レジでは初老の男性アルバイトと二十代前半の外国人とおぼしき女性アルバイトが楽しげに話をしている。人は同じ場所に居つづけると、温度が体に馴染んでしまうのだろうか。区民プール前のコンビニでも、さすがに売っていないだろうと思ったが、案の定、水着は置いていなかった。優香のマネをしてスイカバーを買う。一歩外に出ると、スイカバーが一瞬にして溶けそうな熱風に襲われる。

そう言えば、鹿児島の離島へ行く前も水着を探していた。

「明日、水着忘れるなよ。冬でも泳げるからさ」と『一風堂』での別れ際、大関から強めに言われた。そのときは深夜で、出発は早朝、おまけに冬だったので、水着は調達できなかった。羽田空港で大関にそう伝えると、「泳げると本当に思ってたの？　冗談だろ。リサーチ不足、テレビマン失格」と豪快に笑われた。

区民プールに繋がる区民センターの体育館に入ると売店があり、水着が売られていた。競泳用のスパッツやピチピチの密着タイプのものは何種類かあったが、半ズボンのようにダボッとした無難な水着は、カーキ色のモノ一択だった。それを買って、プールの様子を窺ってみる。

入り口付近は親子連れでごった返している。プールは芋洗い状態で、明菜に会える気がしなかった。ボクはプールサイドで闇雲に明菜を探すのではなく、まずは外から様子を眺めてみることにする。

区民プールは四方を柵で囲われ、緑の蔦が絡み、変質者や不審者対策なのか、中を見えにくくしている。それでも、子どもたちのはしゃぐ声や何かを注意している大人の声、息子や娘の名前を呼ぶ声が大きなかたまりとなって、こだましていた。プールに沿って歩いて行くと、ゆるい坂道になり、柵と蔦が途切れ、プールサイドとプールを眺められる場所に出た。

水しぶきが噴水のようにあがる。幼稚園の年少くらいの男の子が、何がそんなに悲しいのか、プールサイドで泣きじゃくっていた。黒光りするほど日焼けした若い男が監視台から降りてきて、男の子に話しかけたが、男の子は泣きやまない。浮き輪に掴まり、バタ足で泳いでいる小学生くらいの女の子が若い母親の元に辿りつき、得意そうに満面に笑みを浮かべている。プール内は、まっすぐ泳げば、誰かにぶつかること必至の混みようで、この時点で明菜に会えない予感が四割増しになった。しかし、奇跡的にこの前を通りかかるかもしれない。明菜と同じくらいの身長の女の子を片っ端から探す。やたらと同じ年代の子どもが多く、しかもキャップをかぶり、なかにはゴーグルをつけている子どももいて、顔の見分けがまったくつかない。

ただでさえ人の声で賑やかなのに監視員による「飛び込まないでください」「走らないでください」といった拡声器の割れた音がうるさく、耳障りだった。大人と子どもの声が交差している。

大関に連れて行かれた離島にはちゃんとした名前がもちろん付いていたが、大関は「日陰島」と呼んでいた。その由来はあとでわかる。日陰島には小さな町役場が島の北西部にあり、町役場を背に唯一の大通りを二、三分進んで右に入ると、左右に倉庫が並んだ小道になる。その道を三百メートルくらい歩き、左折すると、道はさらに狭くなり、日陰島の歓楽街、通称「ネオン通り」にぶつかる。『みゆき』『しのぶ』『美咲』といったスナックの看板が侘しくともっていたが、大関は「看板を見ているだけで、わくわくしかねえな」とたっぷり睡眠を取ったからか、足取りは軽く、上機嫌だった。

「あそこの店、『ときわ』がここ最近の行きつけ。あの短冊が良いんだよ」

大関が指差すほうを見ると「神奈川県産、入りました！」などと書かれた短冊が店の入り口の横で風鈴みたいに何枚も揺れている。

「埼玉、韓国、タイ、ウクライナか」と大関。

「野菜の産地かなんかですか？」

「野菜が売りのスナックがあるか、お前。全国のワケありの女の子がここに集結しているってこと。いや全国でなく全世界だな。この通りにいるのは、み〜んな日陰者。居場所がないと観念した女の子は欲がないから、こっちの汚れた心が洗われるんだよ」

人はこんなに下品な顔になれるのかという限界値に近い表情を浮かべて、大関は店の扉を引いた。

「ママ、また来ちゃったよ。こいつに、いつものやつ出してやって」

「また来たの、こんな辺境の地に。アンタもよっぽど東京に居場所がないんだね。ケイちゃん、いつもの出してあげて」

ママは見事な金髪のショートカットで、着物姿がサマになっている。三十代と言われても五十代と言われても驚かないが、貫禄があり、年齢を超越しているように見えた。

大関は終始笑顔で、東京にいるときよりもリラックスしている。

ママは大関の隣に座って、「ちょっと痩せたんじゃない？」と腹の肉をつまむ。

「最近、また仕事ダイエット始めてさ」

大関はまんざらでもない様子で、いつになく小さくなって、ママの冗談に頭をかいて恥ずかしそうに答えていた。

「ケイちゃん、トマト出してあげて。大関さん、野菜食べてないでしょ？」

「食べてんだけどな」そう言いながら、ジッポーで煙草に火をつけようとし、ママは無言でその煙草を没収した。

「はい、冷やしトマト」

大関は子どものようにあやされて、そのプレイを楽しんでいるのか、素直に割り箸を使って、冷やしトマトを口に運ぶ。

「甘い。苺みたいに甘いぞ、このトマト」

ここは大関にとっての人生のシェルターなのかもしれない。日陰島と『ときわ』がボクにも特別な場所に思えてきた。

ふたむかし前に流行ったような黄色いボディコンスーツを着ている女が、冷蔵庫からアサヒスーパードライの缶ビールを出してくる。プルトップを開け、「コップなしで、このままでいいよね？」と選択の余地がない感じで差し出される。つづけざまに「私たちもいただいちゃっていい？」と、またもノーとは言わせない感じで訊かれる。でもギリギリ、イヤな感じはしない。

「もちろんだよ。いいよな？」と大関はボクに同意を求める。

「あ、どうぞ、どうぞ」

ボクがそう言うと、カウンター内の黄色いボディコン女が冷蔵庫を大げさに開けて、店内のほか二名の女性たちにも缶ビールをパスしていく。大関の「カンパイ！」の発声のあと、黄色いボディコン女と大関、それにボクの謎のハイタッチで『ときわ』の夜の幕が上がった。

その日は「黄色いボディコン女」ことケイちゃんの二十九歳の誕生日だった。ボクの予想では、前の日もケイちゃんは誕生日だったと思う。そして次の日も、一週間後も、きっとケイちゃんの二十九歳の誕生日はつづいている気がした。大関は誕生祝いに、芋焼酎のボトルを入れた。

「では、誕生日の私からいかせていただきます！」

そう言って、ケイちゃんは優勝力士の盃よりは小ぶりだが、それでもけっこう大きな器になみなみと芋焼酎を注ぐ。それを一気に飲み干すと、大関とケイちゃんは競うように、注いでは空けてを繰り返していく。どういう流れでそうなったか記憶にないが、ボクは埼玉県産のミキという少々太めの女の子と手をつないでいた。大関は店に置いてあったサングラスを勝手にかけて、ふざけている。三十分も経たないうちに焼酎のボトルは空になっていた。

その夜、大関とボク、店の女の子三人の計五人で、焼酎のボトルを六本以上空けてしまう。宴が終わる頃には、時間の感覚すらなくなっていた。かけていたサングラスのつるが、曲がってはいけない方向に曲がったまま、大関が丸いスツールにもたれかかって寝ている。ボクはボクで、目覚めたときは店の床で、交通事故のあとのような格好でうつ伏せで眠っていた。
いつも通り、頭痛と吐き気で起き上がれなくなった。
こういう朝は本当にもうやめにしようと、いつものように冬の南の島でも心に誓ってい
た。夕方になると、島の最南端の岩場で、海を眺めるくらいにまでは復活した。二日酔い
の大関がふらふらになりながら、「飛行機が離陸してすぐに、『ときわ』とあの一帯の集落
が見えるんだよ。それ見ると胸が苦しくなるんだ。もう映画観ても、知り合いが死んでも
涙なんて出ねえのにさ」とつぶやく。ボクは岩場に腰をかけて、水平線近くを横断してい
る大きなフェリーを眺めていた。
「ボクらの知らない人生ばっかかですね」
ボクがそう言って振り返ると、大関はゲーゲーと滝のようなゲロを波消しブロックの間
に吐いていた。

「そこ、飛び込み禁止です！」
監視員がかなりキツめに注意したものの、中学生くらいの二人組はその言葉を無視して、
助走をつけてジャンプしながら飛び込んだ。水しぶきが大きくあがる。その横を不慣れな
感じのクロールで泳ぐ女の子がいた。ゴーグルをかけていて、息つぎのとき、水面から横
顔がわずかに見える。泳ぎ方から、すこし気が強そうな感じがする。あれは明菜ではない

かと思った。女の子は残り五メートルあまりを泳ぎ切ることができず、フワッと立ち上がった。背恰好も明菜に近い。女の子は鼻の頭をつまみ、まわりを確認してから、ふたたび泳ぎ始めた。ボクはその姿を目で追う。壁にたどりつくと、女の子は水面から跳ねるようにプールサイドにあがり、ゴーグルを外した。やはり明菜だ。その瞬間、「明菜！」とボクは大きな声で呼びかけていた。

すぐ近くでレジャーシートを敷いて横になっていた恰幅のいいジイさんがびっくりして跳ね起きる。ボクは「怪しい者ではありません」とアピールしようとして、頭を下げた。ジイさんはすぐにわかって、「誰かお探しですか？」と声をかけてくる。

「娘がひとりで泳いでいるんです」と咄嗟に出まかせを言う。ジイさんはあっさり納得し、微笑を浮かべてまた日光浴に戻った。

明菜はボクに気づいていない。水が耳に入ってしまったようで、頭を傾けて、軽く叩いている。すぐにまたゴーグルをかけて、泳ぎだそうとする。

「明菜！」

さっきよりも大きな声で呼びかけた。プールサイドの近くには一本の立派な桜の木が根を張っていて、ボクの姿と声を隠してしまう。

ボクは明菜がいる場所へ向かって走り出す。そのとき、季節風のような心地いい風がボクの背中からプールサイドのほうに吹き抜ける。その風に誘われるように明菜がこちらを振り向く。逆光の太陽が、視界を妨げる。植物の匂いがした。明菜はゴーグルを取って、ボクのことをジッと見つめていた。恰幅のいいジイさんがそうだったように、びっくりしてもおかしくないのに、明菜はちっとも驚いていない。ボクは無言で頷く。明菜も声をあげずに小さく頷いた。

「飛び込まないでください！」

拡声器の音声がハウリングする。水着とタオルを抱えていない右手を二度、三度と大きく振った。明菜の口角がすこしあがり、声を出さないで話しかけてくる。明菜の口元は何かを発しているが、読み取れない。ボクはその場に立ち尽くす。火照《ほて》りのような、熱いものが込み上げてきた。その瞬間、自分が手に入れられなかったものと、手にしたかったものが、目の前を駆け抜けていったような気がした。

十一歳の誕生日、あなたは誰と何を食べましたか？

人々が楽しんでいる最中に「この祭りはもうすぐ終わってしまう。だって、こんなに楽しいんだから」と思ってしまう癖がある。淋しさの前借り、いや先取りをしてしまうのだ。

そんな人間のする仕事として、テレビの裏方はある意味ベストな選択だったのかもしれない。祭りは日々催され、日々片付いていく。誰も感傷的な気持ちを引きずらない。だって、祭りは日常で、終わりもまた日常だから。祭りのスポットライトが煌々《こうこう》と当たる現場の片隅で、二十年以上、黙々と働いてきた。スポットライトの光が強ければ強いほど、すぐ横の暗がりは深く濃くなる。光の中心にいる人たちはコロコロと代わっていく。ボクはその様子をすぐ横の闇の中でずっと観察していた。十代から光の中心で輝いていた人が、二十代になってそのライトの眩しさに耐えきれなくなり、自分と現実の境界線を失っていく姿を見た。自ら光を発する怪物を見たこともある。ただ、すべての祭りはいつか必ず終わった。

ボクは暗がりの中にあまりに長く留まり過ぎてしまったみたいだ。季節の移り変わりを実感することなく、時間と歳月が流れていくことに鈍感になってしまった。いつしか感情の揺れ動きを冷笑し、どんなことが起きてもクールに受け止めるようになっていた。不意に自分の心が動いてしまいそうなときはアルコールを飲みつづけるか、現実を直視しないで逃げつづけた。暗がりの人間にとことん冷たい世界を蔑《さげす》んだ。「当たり」が半分も入っていない人生の中で足掻いたり、何かに真剣に取り組んだりするのは、失望を深めるだけだと、最初から舞台にあがることを拒んでいた。

かつて自分より好きになってしまった女性が一人いた。感情の揺れを抑えることが出来ず、その人にずっとそばにいてほしかった。その人との日常だけは終わりが来てほしくなかった。だがボクはその日常にさえ、「祭りの終わり」を予感していた。自分と彼女が変わっていくことが怖かった。そしてその人もまた、ボクのもとから去っていった。そのとき、「やっぱり、そうなるのか」と思った。人生に起きた「当たり」にちゃんと向き合えていなかったように思う。季節が変わるように、月が満ち欠けを繰り返すみたいに、すべてが移ろい変わってゆく中で、ボクだけが変われなかった。

久しぶりに入ったプールの感触は思った以上に冷たくて、心臓の鼓動が速くなる。息を止め、勢いをつけて、水中に頭まで潜ってみた。痺れるような冷たさが全身を襲う。ボクはゆっくり目を見開いて、プールの底をめがけ、潜水を試みる。すぐに浮き上がりそうになるので、両腕を使って水を掻いた。

プールの底にタッチし、振り返って水面を見上げてみる。太陽の光がプールの底に向かって射し込んでいた。子どもたちの声が水面から聞こえ、彼らの手や脚が光を乱反射させ、光の粒が水と混ざって生きているようだった。

水中にいたほうが世界との距離感を良好に保てそうな気がした。最初はサウナの後の水風呂のように冷たく感じた水温も、いまでは水道水ぐらいのレベルになっている。いったん水面にあがって空気を肺に入れ、もう一度、プールの底をめざした。そのとき、ボクにつづいて、小さな頭が勢いよく飛び込んできた。細い体が現れ、明菜だと気づく。

明菜は小魚のように素早い動きで、一直線にボクに近づいてくる。ボクの目の前まで来ると、口をわざと開けて、水泡をぷくぷくと吐き出してみせた。ボクは思わず笑ってしまって、早々に水面に上がった。

「プハア」

思い切り息を吐き、大きく吸う。遅れること数秒、ボクの両腕に摑まり、明菜も勢いよく浮上してきた。

「ハアハアハア」

明菜はゴーグルを外して、何度も顔をこすっている。

次の瞬間、大きな水しぶきがボクと明菜の前であがる。拡声器から飛び込みを注意する厳しい声が響く。

「冷たっ」

優香だった。

「どうして、ここにいるんだよ？」

区民プールにはまったくそぐわない上下黒のビキニを着ている。

「明菜ちゃんから連絡もらったんだもんねー！」

「おそいよ！」

そう言いながらも、明菜はうれしそうだ。ボクはいまひとつ状況を摑みきれない。

「ごめんごめん、仕事をズル休みするのに手間取っちゃって」

優香は余計なこと言うなよと牽制するように、営業スマイルでボクの顔を見た。ボクは無言で頷く。

「三人そろったところで、誰がいちばん長く水中で息を止めていられるかをやろうよ」

三人がプールの中で輪になったところで、「ハイ、スタート！」と明菜は叫んで、大きく息を吸って潜る。「ちょっと待って！」と優香も大きく空気を吸い込んで、プールの中に消え、ボクもそれにつづいた。

騒がしかったプールサイドの騒音がオフになる。優香はボクの海水パンツをズラそうといたずらをする。それを見て、明菜がゴボゴボと水泡を吐き、笑っている。水泡は海月《くらげ》みたいにゆらゆらと揺れていた。明菜は息がつづかなくなり、水面に浮上していく。優香がボクに向かって指を上にあげ、ボクらも水面に上がる。

「ブッハア」

ボクが大げさに声をあげると、優香も「ブハア」と大げさに息を吐いた。

「ハハハ、ふたりともヘンな顔」

ボクはじゃぶじゃぶと自分の顔に水をかけた。明菜は声を出して笑いながら、「そんなことしても、ヘン顔はヘンなままで、元に戻らないよ」と言った。

真夏の熱を運ぶだけの風が吹いている。明菜はひとりで泳ぎつづけ、ボクと優香はバスタオルを二枚敷いて木陰で休んでいた。あまり聞いたことのない種類の蟬が近くの枝で鳴いている。バスタオル越しでも、地面の熱さが夏だということを伝えてくれる。

明菜は潜水を二度三度と繰り返し、水面に浮上し、手を振ってきた。ボクと優香は座ったまま、明菜に手を振り返す。

「明菜のお母さん、今日にも帰ってくる予定でさ、時間がないんだ。だから、優香を区民プールに呼んだんだと思う」

「明菜ちゃん、私たちより、しっかりしてるね」

「大関も昨日、ほんの短い時間、明菜と会っただけなのに同じようなことを言っていたよ」

「明菜ちゃんはしっかり親やまわりと向き合っていると思う。果敢に戦って、自分の居場所を確保している感じがする」

明菜を見ながら、優香は五反田マーメイドで自分のことを話したときのように神妙な面持ちになっていた。優香の濡れた髪から、プールの水が絶え間なく、したたり落ちている。

「私も、すこしは向き合おうかな」

「向き合って、どうするの？」

「教えない。私さ、人生って何度でもやり直せるとは思ってないけど、何度かはやり直せそうな気がしてるんだ」

「そうかもな」

「ちっともそうだと思ってないでしょ」

「そんなことないよ」

「大人にならなきゃ」

優香は、気持ち良さそうに泳ぐ明菜を見ながら、そうつぶやいた。

雲の動きがすこし速くなってきた。太陽は雲に見え隠れするようになり、その切れ間から見えた陽射しがプールの水面をキラキラと照らし出していた。

「あと十分で今日の遊泳は終了となります。みなさん、帰りの準備をしてください」

ゆったりとした女性の声で場内アナウンスが流れる。

スマートフォンから着信音が聞こえる。予約していたマネタイズのラジオ番組が始まろうとしている。そのお知らせだった。ラジオアプリを立ち上げ、音量を絞り、スマートフォンをボクと優香の間に置いた。優香は「あっ、マネタイズ」とうれしそうに言った。

「はいどうも！『マネタイズの夕方カーボーイ』のお時間です。今週も始まりました。どうですか、斉藤さん」

「絶不調です！」

「なるほど！斉藤さん、それでも番組は始まります」

「兄が失踪した話はしましたっけ？」

「斉藤さん、話題がいきなり暗すぎです。今日のメールのテーマをお願いします！」

「今年の夏、皆さんは何をしますか、何をしたいですか？　夏の目標や予定を教えてください！　お兄さん、皆さん、居場所を教えてください！」

「皆さん、マジです」

「お兄さん！　メール待ってます！」

「それよりマネージャーの山下が恋しているらしいですよ」

ボクの背後から、スマートフォンがスッと取り上げられる。振り向くと、プールから上がってビショ濡れの明菜が、人差し指と親指でボクのスマートフォンを掲げている。

「好きだよね〜、スマホ」

嫌みったらしく言いながら、明菜はスマートフォンを耳に当てた。

「濡れるって」

「うるさいなあ」とボクを制して、スマートフォンの音声に耳を傾ける。

「ちょっと待って、マネタイズじゃん！　そうか、『夕方カーボーイ』の時間だ。わたしも毎週聴いてる」

「ねえ、マネタイズのふたり、オフのときは、どんな感じなの？」

優香が訊いてくる。

「テレビと同じかな」

「なにそれ」

「なにそれ」

優香とほぼ同時に明菜も声をあげ、時間差でハモった。

「サイアク、つまんない、その答え」

明菜からまた強力なダメ出しをくらう。

「斉藤さん、学生さんは夏休みという人が多いみたいです。斉藤さん的に、夏休みはこう過ごせ！　というのは何かありますか？」

「ない！」

「はい、元気に『ない！』とアドバイスをいただきました。では、今日もみなさんからの投稿、お待ちしていまーす！」

　プールサイドに残っていた子どもと親たちを追い立てるように『蛍の光』が流れ始めた。マットを丸めたり、タオルで体を拭いたり、帰り支度を始める人たちをよそに、ボクらは三人で夏を噛みしめるように座っていた。

「左耳に入った水が抜けなくて、すこし気持ち悪いかも」

　ボクのその声は明菜と優香に届かない。プールの塩素の匂いが自分の皮膚からかすかに漂う。風はすっかり止んでいた。

「ねえ」

　明菜がこっちを見る。

「どうした？」

　優香が明菜の顔を覗き込む。

「いつかまた、みんなでここに来ようよ」

「そうだね」と優香。

「そうだな」とボク。

スマートフォンから「再来年には東京で二度目になるオリンピックが始まりますね」とマネタイズ大島の声が聴こえてくる。飛び込みを繰り返していた中学生の二人組が、プールサイドを走って帰ろうとしていた。

「走らない！」

監視員から拡声器でまた注意されている。そのとき、濡れた自分たちの体を拭くタオルがないことに気づく。

「ごめん、バスタオル二枚とも敷いちゃって、びしょびしょだ」

「予備でもう二枚、持ってきてるよ。ロッカーにある。いまシャワー混んでるから、もうすこし三人でここにいようよ」

「ああ、そうだな」

やはり明菜はしっかりしている。どっちが大人かわからない。優香が笑顔で、抱きしめるように明菜の頭をやさしく撫でていた。

帰り道、明菜にせがまれて区民プールの前のコンビニでピノを買った。優香とふたりで食べながら、ボクの前を歩いている。身長差が三、四十センチはありそうなふたりの姿は、年の離れた姉妹か友だちか、仲のいい親子のどれかに見える。明菜が振り向いて、ボクにピノをくれるふりをし、自分の口に入れて、優香のもとに戻っていった。

目黒駅近くは日陰が少なく、西陽の照り返しも強い。明菜はピノの箱をボクに押し付けると突然駆け出し、バスの停留所のベンチに座って、また立って、ベンチからジャンプした。

「今日は私、ここでバイバイするね」

優香が明菜に話しかける。

「えっ、ごはん、一緒に食べようよ」

「このあと、用事があるんだ。今夜は秋吉さんにマネタイズのつまんない話をたっぷり聞かせてもらいなよ。で、つまんなくない話があったら、今度教えて」

「今夜は外食にしようかと思っていたんだけど、アタマのほうだけでもつきあってよ」

ボクも優香に懇願するように誘う。「みんなで食べようよ」と明菜がまたお願いする。

「私、行かなきゃ。ごめんね」と優香は明菜にお詫びの印に手を合わせ、「急がないといけないの」とボクに言い残し、ロータリーのタクシー乗り場に向かう。タクシーに乗り込むと、窓を開け、明菜とボクに手を振る。

タクシーが遠ざかっていくのを明菜はじっと見つめている。優香は一度振り向き、タクシーの中から笑顔で手を振った。

「疲れたろ。今日は外で食べていこう。この辺なら、いろいろあるし」

「今日は、そっちがごはん作ってよ」

明菜は、もう見えなくなった優香を乗せたタクシーの方向を見ながら、ボクに言う。

「作れるって、威張ってたじゃん」

「ごめん、あれは嘘。ほとんど作ったことないんだ」

「でも、作ってよ。今日は作ってほしい」

明菜は俯き、溶け出した最後のピノをプラスチックの楊枝で、器用にすくいあげようとしている。

「焼きそばくらいしか作れないよ」

「焼きそばでいいよ、好きだから」

「本当にそんなんでいいの？」

「そんなのがいいんだよ」

「わかった、作るよ」明菜の頑なさに、そう答えてしまった。

駅前のスーパーマーケットで焼きそばと具材を調達して、歩いてマンションに戻る。

「すぐにごはんにする？」

「ごはんにする。あっ、一回、部屋に戻って水着置いてくる」

「わかった。ごはんの用意しているから」

「……」

「どうした？」

「やっぱり、あとにする」

明菜はきっぱりと言った。

「ソファでのんびりしていてよ」

手を洗って、買ってきた袋の焼きそば二人前とキャベツ、人参、豚肉、青のり、紅ショウガをキッチンに並べた。

キャベツは大きめに切り、ピーラーで人参の皮をむき、細切りにする。準備は十分もかからずに終わった。肌の火照りとプールの疲労は残っていたが、それすら心地よく感じる。

フライパンに油を薄く引いて、豚肉を炒めた。肉に焼き色がついてきたら、キャベツと人参を投入する。キャベツと人参がいい色合いになって火が通ったところで蒸し麵を入れる。そして、計量カップ半分ほどの水を流し入れ、麵をほぐす。こだわりのラーメン屋の店主みたいに麵を一本つまんで、蒸し具合を確める。粉末のソースをまわしかけると、ジュウジュウと食欲をそそる音とともにいい匂いがキッチンに立ちこめる。換気扇のスイッチを今更ながら入れた。最後に塩をすこしだけかけて、味を調える。

二日前も使った白い皿を用意し、焼きそばを盛りつける。青のりをパラパラとふりかけ、紅ショウガを添えた。マグカップに粉末のコーンスープの素を入れて、お湯を注ぐ。スプーンで掻きまわし、ソファで横になって別マを枕がわりにしている明菜に呼びかける。

「出来たよ」

「はーい」

明菜はうとうとしていたみたいで、ゆっくりと体を起こす。足を引きずるようにして歩き、椅子に座ると、あぐらをかいた。

明菜が手を合わせ、目をつぶってお辞儀する。

「いただきます」

ボクもマネをして、手を合わせた。

「いただきます」

明菜はお腹をすかせていたのか、焼きそばを箸で大摑みにし、大口を開けて頬張る。

「青のり、もっとかける？」

ボクの問いかけに対し、口の中が焼きそばでいっぱいだった明菜は無言でお皿を差し出す。

「ちゃんと焼きそばになってる？」

まだ口の中は焼きそばで塞がっていて、明菜は二度、三度、頭を縦に振り、左の指でOKサインを出す。つづいて箸をくるくるまわし、スパゲティのように焼きそばを巻きつけて食べようとしている。

「今度、優香を誘って三人でごはんを食べに行こうよ」

「うん」

「焼きそば食べ終わったら、お母さんが帰ってきていないか、一度、部屋に戻って見てきたほうが良くない？」

「スマホに着信がないから、戻ってないと思うよ」

「そっか」

「でも、あとで見てくる」

ボクらはこのあと、たいして話もせずに黙々と食べた。テレビをつけるか、音楽を流そうかとも思ったが、なぜかその気になれず、そうはしなかった。

「ごちそうさま」

明菜はまた手を合わせる。

「おいしかった、本当だよ」

明菜はそう言って、そそくさと食器を洗い場に持っていき、洗い物を始めた。

「これ、終わったら、部屋、見てくる」

宿題を早く済ませて、そのあと好きなゲームで遊ぼうとする、しっかりとした子どもみたいに淡々とちゃちゃっと、明菜はやらなければいけないことをしようとしているように見えた。

ボクは玄関で明菜を送り出すとき、その背中に呼びかけた。

「お母さんが帰ってきてなかったら、また戻ってきなよ」

「いいの？」

「もちろん」

明菜は振り向いて、小さな声で「ありがとう」と言って、ドアを閉めた。


五分が経過した。ボクはソファに座ることなく、リビングに立ったまま、時計や壁や窓の外を眺めていた。

玄関に向かい、ドアの覗き穴から廊下を見る。明菜が正面に突っ立っている。暫く立っていたような感じがする。どうしてインターフォンを鳴らさなかったのか。ボクは明菜を驚かせないようにそっとドアを開け、「おかえり」と明菜を迎え入れた。

「ただいま」

明菜は俯いたままあがってくる。足早になり、さっきまでいたソファにダイブする。

「疲れた」

足をバタバタとやったあと、うつ伏せでじっと動かなくなった。

明菜が泣いている。ためらいもなく泣きじゃくっている。こういうとき、どんな言葉をかけてあげたらいいのだろう。この部屋から明菜を送り出すときのようにボクは明菜の背中に声をかけられなかった。途方に暮れ、ボクはお湯を沸かすことしか出来ない。

沸騰している勢いのいい音とともに明菜に訊いた。

「温かいものでも飲む？　紅茶とか」

「飲む」

「何がいい？」

「紅茶」

ティーバッグの紅茶を淹れて、リビングに持っていくと、明菜は起き上がった。すこし目が赤い。頬が湿っていた。

「テレビ、つけていい？」

「もちろん」

ボクはテーブルの隅にあったリモコンを渡す。

明菜がテレビをつけると、画面に現れたのは、現役の東大生と芸能人のチームがクイズで競う高視聴率番組だった。ここ数年、ボクも大関もこの番組に関わっている。この放送回は大関が入院直前に編集したものだろう。

「あっ、斉藤さんだ！」

明菜が画面に映った芸能人チームのマネタイズを指さす。

芸能人チームは立てつづけに東大生に正解を奪われ、次の回答者のマネタイズの斉藤は、他の芸能人からプレッシャーをかけられている。明菜は声をあげて笑った。

「こっから逆転は難しいよな」

ボクの問いかけに明菜は反応しない。食い入るようにテレビを見ている。

コマーシャルがあけると、番組は終わりが近づき、画面にエンドロールが流れ始める。

「このあと、大関の名前が出てくるよ」

「どこに？」

「画面の下の文字のところ」

エンドロールは高速で流れ、名前は読み取りにくい。でも、三人のディレクターの中にしっかり大関の名前はあった。

「あっ、いま流れた！」とボクが言うと、「えっ、どこ？　見えなかった」と明菜は流れ星を見損なったみたいに口を尖らせた。


明菜の誕生日があと数時間で終わることを、そのときボクは知らなかった。十一歳になっていた。次の日、明菜が「誕生日だったんだ、昨日」と教えてくれた。

十一歳を迎えた日、ボクは何をしていただろう。何ひとつ覚えていない。まったく思い出すことが出来ない。何年かしたら、明菜も十一歳の誕生日の出来事を思い出さなくなるのだろうか。区民プールの陽射しの強さや、遅れて現れたふたりの大人、溶けかかったピノ、ふたりで食べた焼きそば、ためらいもなく泣いたこと……忘れてしまうことは、それはそれで幸せなことなのかもしれない。

これはただの夏

「死んでねえよ」

「わかってますよ」

ボクがそう切り返すと、大関はクククと喉に何かが引っかかっているみたいに笑った。

リビングの壁にかかった時計を見る。みごとに長針と短針がつながり、針は直立不動だ。大関は朝の六時になるのを待って、電話をしてきたという。枕元に置いてあったスマートフォンに、スリーコールでボクは出た。あまりにも早朝の電話で、不吉な予感に咄嗟に反応し、スマートフォンをタップしていた。

「お前、なんで起きてんだよ」

「こんな朝早くに電話をかけてくるからですよ」

「まだ死んでねえぞ」

「わかってますって」

「看護師が毎朝、決まり切って六時三分前に巡回してくるんだ。あまりにも決まり切って三分前だから起きちゃってさ」

「それはそれは」

「あー、こんなことになるなら定期を解約して、好きなもんを食っておくんだった」

「好きなもんって、なんですか？」

「ビッグマックかな」

「それなら定期、解約しないで大丈夫ですよ」

「ビッグマックを立てつづけに二つくらい食べて、コカ・コーラで流し込むみたいな無茶をやりたい」

「朝からすげー食欲ですね」

朝の陽の光がかすかに部屋に射し込んでいる。昨日はカーテンを閉め忘れたまま、眠ってしまった。昨日までの暑さが別の国の出来事みたいに今朝は過ごしやすい。目をこすりながら、窓に近づいてみる。たしか今日は午後から雨の予報だったが、早くも雲がかかり、眼下の景色はくすんで見える。すこしガスがかかっているみたいだった。

「体に悪いもんを食いたい。『一風堂』の豚骨ラーメンとか、ポテトチップス、『麗郷』の海老チャーハンと腸詰めとかよ、それから」

「食欲がそんなにあるなら、大丈夫ですよ」

「ないよ、そんなもん。だから、思い出そうとしてるんだよ、食ってきたもんをさ」

話が暗い方向に流れないように合いの手を入れたつもりだが、ダメだった。大関の声は掠れ、たまに咳込み、聞いているこちらも息苦しくなってくる。気持ちを立て直すべく、明菜の様子を見にいく。

明菜は薄いブルーのタオルケットを頭からかぶっていて、ベッドの隅でピクリとも動かない。その寝姿にすこし励まされ、開いていたドアを静かに閉める。自分が眠っていたリビングのソファに戻った。

「昨日の夕飯で出た茹でたほうれん草、味がしねーの。合羽橋で蠟細工の食品サンプルのロケやったじゃん。あまりに本物っぽいから、オレ、舐めてみたんだわ。あのときと同じ味がした。味が蠟」

「また大げさな……」

大関は不安を埋めるかのように、面白おかしくボクに話しかけてくる。

相槌を打ちながら、ふと窓の外の景色の異変に気づく。シャボン玉がはらはらと舞い、落下傘みたいに下降しながら次々に消えていった。こんな早い時間にシャボン玉を飛ばしているのは誰だろうと、バルコニーに出て、上と下のほうに目をやる。シャボン玉で遊ぶ年齢の子どもなんていただろうか。シャボン玉の出先を探してみたが、確認できない。それなのに、どこからかまたシャボン玉が飛んできて、ボクに狙いを定めたかのように近づいてくる。スマートフォンを持っていない手をシャボン玉のほうに差し出し、掌で掬い取ろうとした。掌の上に落下するなり、パチンと弾けて消えてしまう。

「電話、またするわ。これでも忙しいんだ」

シャボン玉に気を取られ、数瞬、無言になったボクを気遣ってか大関が電話を切ろうとする。

「あっ、そうだ。昨日の夜、東大生のクイズ番組、観ましたよ。テンポよかったです」

「だろ。あれが編集の妙ってもんだよ。マネタイズ、ウケてたろ？」

「明菜が喜んでました。昨日、あれから区民プールで合流して、プールサイドでマネタイズの『夕方カーボーイ』聴いたんです。その流れで、あのクイズ番組ですから、明菜、はしゃいじゃって」

「そっか。『夕方カーボーイ』は昨日だったか？　いけねえ。覚えていたのに聴き逃しちまった。毎週、生放送のあとマネタイズにメールでダメ出し送ってたのにな」

「だからラジオ持って来い、だったんですね」

「そのあたり、義理堅いわけよ」

「マネタイズのふたりには、病気のこと、ちゃんと伝えたんですか？」

「伝えるわけないじゃん。そこはスタッフたちにも堅く約束してもらっている。あいつらに無茶はずいぶん頼んできたけどさ、心配されてもしょーがねえだろ」

「いや、まあそうですけど……」

「あいつら忙しいんだよ。ヒマそうなお前にしか、本当のことは伝えないよ」

「そういうことですか……」

「ヒマそうに見えるっていうのは一種の才能だよ。褒めてんだ。じゃあな」

ボクに何も言わさず、いつも通り一方的に大関は電話を切った。


目がすっかり覚めてしまい、二度寝が出来そうにない。コーヒーメーカーに、コーヒー豆と水をセットする。ほどなくして、コポコポという音とともに香ばしい匂いが立ちこめてくる。予報では、午後から雨になるはずの曇り空を眺めながら、コーヒーの香りを思い切り吸い込んだ。

床に積まれたCDの山の中から大貫妙子の『SUNSHOWER』を選び、CDプレイヤーのスイッチをオンにして、音量をかなり絞った。ソファに沈むように座る。シャボン玉の落下傘はもう浮遊していない。カラスとは違う、黒くてそれなりに大きな鳥が二羽並んで優雅に飛んでいくのが見える。昨日使ったマグカップに、抽出したばかりのコーヒーを注ぐ。冷蔵庫に結婚式の引き出物のゴディバのチョコレートが残っていたことを思い出す。スマートフォンを充電器に差し込む。この機種に替えた頃は、バッテリーが半分くらいになると、出先でも急いで充電したのに、最近は充電がなくなりかけても平気になってしまった。

　長年生きていると、慌てず騒がず、少しずつ鈍感になっていく。そうやって鈍感になっていかないと、生きていくのはむずかしい。そんなことをぼんやり考えていたら、グラッと激しい揺れが起き、思わず立ち上がった。高層マンションは地震の揺れを吸収する構造になっている。たいした震度でなくても、けっこう揺れて、しばらくの間、振り子みたいに揺れつづける。このマンションに暮らして二年になるが、この揺れにだけは鈍感になれない。

　ボクはキッチンへ行き、冷蔵庫のドアを開けた。ゴディバの箱からハート型のチョコレートを取り出し、半分だけ囓る。コーヒーを啜り、首を左右に曲げ、パキポキと骨の音を鳴らし、すこしすっきりした。

　大貫妙子の「その日暮らしは止めて」という歌声にかぶさるように「おはよう」という声が背後でする。振り返ると、明菜は薄いブルーのタオルケットをマントのように巻いて、眠そうに突っ立っていた。

「おはよう」

「さっき地震があったでしょ」

「あった。コーヒー飲む？　牛乳ないけど、豆乳とか入れようか？」

　ボクがそう尋ねると、「そのままでいい」と不機嫌そうに言い返される。子ども扱いするな、ということか。鼻で笑ってしまったら、「は？」と睨まれた。

ほとんど使ったことのないマグカップを食器棚から取り出し、軽く水洗いし、コーヒーを注ぐ。明菜はバルコニーに出て、大きな伸びをした。

「ねえ、いま空からシャボン玉が降ってきた」

マグカップを持って、ボクもバルコニーに出る。

「さっきも降ってきた。でも、どこの部屋からだろう」

明菜とボクはふたりそろって空を見上げた。

「誰もいないね」

「はい、コーヒー」

ボクはマグカップを明菜に渡す。

「誰もいないのかもな」

いくら空を見ていても、今日は眩しくない。

「いないのかもね」

明菜はそう言って、コーヒーをひと口飲んだ。

「にがっ」

「だから訊いたじゃん、豆乳、入れようかって」

「うるさいなあ」

物干し竿に吊した水着とタオルが、風に揺られ、プールの匂いがかすかにした。

「昨日は楽しかったと思う」

「思うって、なんだよ。自分のことじゃないみたいだな」

「誕生日だったんだ、昨日」

「えっ？」

唐突な話にボクの脳みそが停止しそうになる。

「なんで言わないんだよ。誕生日だったら、焼きそばなんかじゃなくて、なんか好きなものをご馳走して、お祝いしたのに」

「いいよ、別に」

「よくないよ。今日、お祝いしよう」

ボクは食い下がりたくなっていた。ボクらが一緒に過ごせる時間は、そんなに残っていない。

「来年の誕生日、また作ってよ」

明菜はカカカと声をあげて、ボクをからかうように笑った。

大貫妙子は眠気を誘うように気だるげに歌いつづけていた。

「今日は何しようかな」

否応なしに新しい一日が始まろうとしている。

実家の母から電話がかかってきたのは、プレゼン資料を作り終え、お昼ごはん、どうしようかと明菜と話し合っていた十一時半をすこしまわった頃だった。

「テレビ、観てる？　いま、ニュースやってるから、すぐ観なさい」

騒々しい母の声に気圧され、明菜がアニメを観ていたのに、リモコンでパッパとチャンネルを替えた。

「ちょっと！　観てるんですけど」

画面は赤い炎と真っ黒の煙に包まれた2階建ての家を映し出している。「ＬＩＶＥ」という赤いテロップが画面左上に表示されていて、それが実況中継であることを物語っていた。

「出火原因はまだわかっていません。1階はスナックだったそうで、電飾の看板がかかっているのを確認できましたが、近所の人の話では、ここ数年は営業していなかったとのことです。この家には宮下恵子さん、七十三歳と、長男の宮下ホクトさん、四十五歳が住んでいた模様です。ふたりは逃げ遅れ、取り残されている可能性が高いとの情報が入っています」

画面は現場のレポーターからヘリコプターの映像に替わり、家のまわりは「立入禁止」のテープが張り巡らされ、消防士が水しぶきをあげて放水しているものの、炎の勢いは収まらない。

「アンタ、わかる？　燃えているの同級生のホクトくんの家よ。ホクトくん、あの2階にずっと引きこもってたんだって。この前、村山さんの奥さんから聞いたばかりでさ。お母さん、え〜なんて、びっくりしちゃって。アンタに知らせなきゃって思ってたら、この火事でしょう。もう、かわいそうだなって思ってんの」

母のハイテンションな声を聞きながら、ボクは驚きのあまり、現実感はゼロを下まわってマイナスから浮上できないでいる。虫の知らせか数日前、ボクはホクトの部屋で過ごした夏を思い出していた。炎に包まれているあの2階で、ホクトとボクは『ゼビウス』で何度も何時間も遊んだ。

「俺が身代わりになって、他の人の命が助かるんだったら、俺が死ぬよ」

ホクトはあの夏、そう話していた。

――ホクト、2階から出てこいよ。誰かの身代わりになって、命を助けるんだろ。

テレビの画面に向かって、ボクは心の中で呼びかけていた。

「ねえ、どうしたの？」

キッチンへ行って戻ってきた明菜は、ボクの異変に気づき、小さな声で訊く。ボクはうまく説明できそうになく、口元からスマートフォンを離し、明菜に「大丈夫」と説明にも答えにもなっていないことを伝えた。明菜のひと言で、ボクは多少冷静さを取り戻せた。

　火事の映像が怖いのか、ボクを励まそうとしてなのか、明菜はゴディバのチョコレートを一個ボクに渡して、すこしはなれて横に座った。

「動きがありました。いま大きな動きがあった模様です。人です、人。家屋の中に突入していたレスキュー隊員が、ひとり、いや、ふたりの人を家屋から救出した模様です」

　レポーターの興奮した声とともに画面が上へ下へと乱れる。映してはいけないものが映っていたのか、画面は2階付近を映して、静止した。

「えっ、えっ、助かるんじゃない？　ね、えっ、えっ」

　母は取り乱している。テレビ画面では、ふたりを確認できない。カメラがまた激しく上下左右に揺れた。画面の揺れが収まると、救急車が急発進で走り出す。急すぎる展開にあの夏の思い出も断ち切られる。燃え盛る炎は激しさを増し、ふたりを吐き出したように見えた。

「恵子さんはホクトくんのこと、誰にも言えなくて、つらかったんだと思うの。ホクトくん、何年も部屋に引きこもって、一日中、何してたのかしら。想像もつかないわよねえ」

　ニュースは「北海道の動物園で双子の白熊に氷のケーキのプレゼント！」という明るい話題にあっさり移って、母親はホクト親子のことをひとりで総括しようとしていた。

「ニュースでやっていた火事、むかしの友だちの家」

明菜にぽつりと伝えた。

「そうなんだ。きっと助かるよ。またお見舞いに行こうよ」

「アンタ、誰と話しているの？　さっきから女の子の声がしているんだけど、誰？」

母の関心は急カーブでボクと明菜に向かってくる。

「仕事中なんだ。また電話するよ」

「法事の話、お父さんから聞いた？　人間ドック行った？　ちゃんと行って」

「それもまた今度」

ボクは遮るように電話を切った。

「これから仕事に行くの？」

明菜が恐るおそる訊く。

「今日はここにいるよ。家でできる仕事だから」

「うん」

明菜の表情が気持ち明るくなる。

「お昼ごはんは、好きなものをご馳走するよ」

「モスバーガーがいい」

「でもさ」

「モスがいい」

結局、ジャンケンで負けたほうが買って来ることになり、買いもののメモと財布を持って、ボクがモスバーガーに出かけた。


「あのさ、やっぱり今日の夜さ」

最初に会った日と同じようにフライドポテトをボクが出した大皿にぶちまけ、ひとつつまみ、明菜は言いたいことがあるけれど言いにくいのか、口ごもる。

「今日の夜、どうしようか？」

さりげなくボクは明菜に話すように促す。そのとき、子どものいたずらみたいにインターフォンが立てつづけに三回鳴った。

「誰だろ？」

ボクはそう言いながら、鳴らしたのが誰だか、すぐに気づいた。逃亡犯がもはや逃げ切れないと観念するみたいにボクはドアに向かい、「どなたですか？」と尋ねる。

「あの〜すみません、ウチの子、もしかしてなんですけど、お邪魔してます？　家に帰ったら、あの子いなくて」

やはり明菜の母だ。その声は甲高く、分厚いドアをものともしないで響いてくる。後ろからついてきた明菜も一瞬で状況を把握し、ボクを眺め、首をゆっくりと横に振った。ボクは明菜の表情をじっと見つめた。

「います。モスバーガーでたまたま一緒になりまして」

「あ〜すみません。あ〜良かった」

そこまで言い、話が終わらないうちにガツンとドアに衝突音と振動が駆け巡った。急いで解錠し、ドアを開けると、明菜の母親は廊下にうずくまっている。

「すみません。うちの子、あれで一丁前に反抗期で、生意気なこと言いましたでしょ。失礼がありましたら申し訳ございません」

カラダ全体からアルコールの匂いがし、酔っ払っているのがわかった。立ち上がろうとするが、足元はふらつき、そのままボクにもたれかかってくる。

「大丈夫ですか？」

「大丈夫ですよ。帰りも朝からみんな呑むとか言いだして、わたしだけ二、三杯でやめたんですよ。長野の高原で呑むビールはサイコーなんですけど、ほらっ高地だから空気が薄くて、酔いがまわるのが早いみたいなの」

ボクは母親の両脇に手を入れ、体勢を整え、「本当に大丈夫ですか？」ともう一度訊いた。

「昼間からいい加減にしてよ」

明菜はボクを押しのけ、慣れた感じで体を入れ、母親を背負おうとする。背負われる側も慣れたもので、足をだらりと廊下につけたまま、体を明菜に預ける。母の全体重が明菜に乗りかかったとき、明菜はふらっとよろめき、ボクは手を貸そうとした。

「いいの。この人、いつもこうだから」

明菜はボクに一瞥もくれず、淡々とそう言う。

「フライドポテト、そのままになっちゃった」

明菜が小声でそう言い、軽く頭を下げた。そして厄介な荷物を担ぐように母親を背負う。

「本当に大丈夫?」

ボクは思わず、言葉をかける。

「この間読んだ漫画のセリフにあったんだ。本当に大丈夫って訊かれたら……」

「訊かれたら?」

ボクは復唱し、明菜の背中に問いかける。

「そのときは、もう手遅れなんだって。大丈夫じゃないんだって」

言葉に詰まった。明菜が母親を引きずるようにして歩き、ドアにたどり着くまでボクはただ無言で眺めていた。

「明菜は大丈夫だよ」

思わず呼びかけてしまった。

明菜は足を止め、母親を背負ったまま振り向く。

「だからモテないんだよ」

明菜がニコッと笑った。

「ありがとう」

そう言って、明菜はつむじが見えるほど深々と頭を下げた。そのあと、器用にドアを開け、母親を中に押し込んだ。明菜も部屋の中へ消えていく。

「ガチャン」と音を立てて、ドアが閉まる。空調の音だけが規則正しくフロアに響いていた。


静寂を切り裂くようにスマートフォンが鳴る。

「恵子さんとホクトくん、一命を取り止めたって」

「そう」

言葉少なく答えると、母は電話口で声を詰まらせた。

ホクト、お前はボクの身代わりになってくれていたのか？　ボクと違って鈍感になれなかったから、あの部屋に引きこもっていたんじゃないのか？　お前はこの世界と人間に嫌気がさしていたんだろう。どうしていいかわからなくなっていたんじゃないのか？　ボクト、ごめんな。ボクだって、とっくのむかしから、どうしていいのかわからなくなっていたんだ。一緒に泣いてやれなくて、ごめん。

明菜はどうして昨日、誕生日だったことを、今日になって話したのだろう？　気を遣わせたくなかったからだろうか？　誕生日には、母親が帰ってきてくれることを、すこしは期待して、待っていたのかもしれない。

「やっぱり今日の夜さ」

次に会ったら、そのつづきを話してくれるだろうか。

財布とスマートフォンをポケットに突っ込んで、ボクは静かになった部屋を出た。マンションを出て、大通りで緑色のタクシーを停める。

「どちらに行かれます？」

運転手の呼びかけに答えられなかった。

「えっと」

「何処へ行きましょう？」

振り向いた運転手はすこし不機嫌そうだ。

「五反田まで」と告げていた。

タクシーの中で五反田マーメイドのブログをチェックする。優香のブログが表示されない。間違ったところをクリックしたのかと思い、五反田マーメイドのトップページから入り直してみたが、やはり彼女のページが出てこない。

五反田マーメイドの百メートルほど手前でタクシーを降り、彼女に電話をかけた。コールは鳴るが、出ない。コール音を聞きながら、店の前に着いてしまった。「五反田マーメイド」と記された蛍光ピンクのネオン管がチリチリと点滅している。

自動ドアが開くと、白竜似のあのボーイではなく、初めて見る爽やかな若い男が受付にいた。風俗には不向きな感じの、イマドキのサラリーマンのように見える。

「いらっしゃいませ」

声もやけにハキハキしている。

「今日、優香さんは？」

「優香さん？」

男は鸚鵡返しの疑問文で、ボクの質問に応える。

「違った、ユカさん」

「ああ、お弁当の子」

「お弁当の子？」

「お弁当のユカさんですよね？　お客さま一人ひとりに違うおかずのお弁当を作ってくるサービスなんて、ユカさん以外、思いつかないですよ。さすがはF－1グランプリ！　自分、系列店から移動になったばかりで、まだお会いしたことないんすけど」

はっはっは、と男は噓みたいに空々しく笑った。

「そうだったんですか」

ボクは状況を把握できないまま呆然としていた。

「出勤表、確認しますので少々お待ちください」

「お弁当の子か……」

プールサイドで明菜を見つめていた優香の横顔が、頭をよぎった。

「お客さん、申し訳ありません。ユカさん、昨日付けで辞めちゃってますね」


魂がまだ戻ってこないまま、五反田の街をふらふらと歩く。ビル風のような突風が上空から吹きつける。その突風は、始まったばかりの夏を連れ去り、ボクを置き去りにしていくみたいだ。ボクはこれからどこへ向かおうとしているのだろう。

コツンと靴が当たったのはバス停の標識だった。そのタイミングでちょうど来たバスに行き先も確認せずに乗る。車内は初老の男がひとりだけ一番前の席に座っていた。排気ガスの匂いが、車内にすこしだけ漂っている。

「幸せとは？　みたいなバカなことを考えなくなったよ」

大関のセリフが耳元でこだまする。

窓の外を足早に歩くスーツ姿の男は、スマートフォンを強く握って、怒るように身振り手振りを交えて電話をしていた。何が可笑しいのか笑っている制服姿のＯＬふたり組が視界の端に映って、あっという間に後ろの景色に消えていく。買い物カートを前かがみに押して歩く老婆の髪色は派手なパープルで、ジョギングをしている男がいま、その老婆を追い抜いていった。

「あなたはいい加減じゃない」

船底のような部屋で、優香はそう話してくれた。

雨がポツポツと降ってきた。加速度をつけて雨の勢いは増し、外は急速に薄暗くなっていく。

降車ボタンが押され、バスが停まる。初老の男は折りたたみ傘を取り出し、ゆっくり足元を確かめ、ステップから地面に降り立った。ローソンとファミリーマートが通りを挟んで並び、チェーンのドラッグストアが見える。バス停の地名が車内に表示されているが、ここがどこなのか、わからない。そのままバスに乗りつづけ、終点のＪＲの駅で降りた。雨は小降りになったが、やみそうになく、ロータリーのまわりは水たまりが出来ていた。

あの日、廊下で別れて以来、明菜に会っていない。一度、同じ背格好の女の子がエレベーターに乗っていく後ろ姿を見かけたけれど、明菜ではなかった。エントランスで偶然出くわすこともない。ボクの部屋のインターフォンが鳴らされることもなかった。まるでマンションに住んでいるのは、ボクだけのような静けさに包まれていた。

二日間徹夜で仕事をして、早朝に帰ってくると、マンションのポストに白い封筒に入った手紙があった。送り主は明菜の母だった。

「ご挨拶やお礼もちゃんと言えず、申し訳ございません。急に引っ越すことになりました。娘がお世話になり、本当にありがとうございました」

イメージとは違う、きれいな楷書で書かれてあった。その手紙の片隅には「またね　あきな」と女の子の文字が青鉛筆で書いてある。引っ越し先は書かれていなかった。

夏から秋に変わっていく、季節のグラデーションが苦手だった。あの物哀しさにはどうしても慣れない。秋が深まったその日もまた、途切れることのない仕事と格闘していた。目黒のマンションには四日、戻っていない。いや五日か、六日だったかもしれない。窓がなくて昼か夜なのかわからない上野にあるスタジオに籠もり、秋からスタートした新番組の制作に入っている。ただ、今日の夕方は、ボクだけが早退を許された。さすがに電車で帰る気力が残っておらず、アシスタントに車で送ってもらう。

「スカイツリーが見えるところに、ちょっと寄ってもいいですか?」

「お前な、スカイツリーならいつでも見れるだろうが」

「わかってます。一瞬です、一瞬。スカイツリー見て、元気をもらいたいんですよ」

「一瞬だからな」

「一瞬です。チャッと見て、チャッと目黒まで送っていきますんで」

二十代のアシスタントは、元気をもらう必要がないほど元気で、過酷な労働下でもまだ明るさを保持している。

「先輩、再来年の東京オリンピックのとき、俺ら何してますかね?」

「いまと一緒だよ。何も変わらないよ」

「なんか面白いこと起きますよ、絶対！　だって世の中、何があるかわからないじゃないですか」

「そうかもな。とりあえず黙って運転してくれよ」

ボクは窓の外を見る。銀杏並木の下は黄色い落ち葉の絨毯と化し、道行く人は厚手のコートを羽織っている。浅草が近づいてくると、スカイツリーが見えてきた。

「スカイツリー、やっぱ、でっかいっすねー」

アシスタントはハンドルを叩いて歓んでいる。

仏頂面で突っ立っているようにしか見えないスカイツリーの姿に、ボクは夏の日、病院の屋上から見た、陽炎《かげろう》のようなスカイツリーを思い出していた。錆の浮いたベンチの感触。あの日は風がテンポよく吹いていた。大関がカキンッと気持ちのいい音を鳴らす。煙草のけむり。明菜が「うわあ、めちゃ広い！」と歓びの声をあげ、行き止まりのフェンスまで走って行く。ボクは、その光景をただ眺めていた。空は悲しいくらいに真っ青だ。明菜は自分の背丈よりすこし高いフェンスを必死によじ登ろうとしている。ボクは太陽の眩しい光に手をかざす。いったん明菜の動きが止まり、勢いをつけてフェンスをまたいだ。

午前六時三分前、大関から電話がかかってきた。

「死んでねえよ」

「飽きないですねえ」

ボクは瞬時に言い返したが、大関の声は掠れ、ひどく聞き取りにくかった。

「あの日さ、オレも一枚写真撮ったんだ。それを遺影に使ってくれよ。いい顔してるんだ、オレ」

「あの日って?」

ボクが話そうとすると、「じゃ、よろしくな」と電話は切れた。

そのあと送られてきた写真は、大関が自撮りで右側に覗きこむように写っていた。

「こんな遺影あるかよ」

スマートフォンの画面を眺め、思わず笑ってしまう。

自撮りの場所は、あの病院の屋上だった。写真の奥で、スカイツリーがぼんやりと写っている。大関の顔のすぐ後ろには、エアバスケをしながら満面の笑みを浮かべている明菜がはしゃいでいた。その横に、両手をめいっぱい広げてディフェンスをしている男の背中が写っている。後ろ姿で見えないが、ボクはこのとき間違いなく笑っていたはずだ。

マンションの前で、アシスタントに礼を言って別れ、ボクは急いで部屋に戻る。あの日、脱いだまま部屋の隅でシワくちゃになっていたフォーマルスーツに袖を通す。開始時間が迫っている。ネクタイは首にかけたまま、急いでエントランスまで降りていく。外に出ると、木枯らしが肌を刺すように冷たい。カチカチカチとライトを点滅させながら、予約していたタクシーが定刻通りに到着する。運転手に行き先を告げ、大きく一度ため息をつく。

「はい、今日も始まりました『マネタイズの夕方カーボーイ』ですが、どーですか、斉藤さん」

「絶不調です！」

ボクは番組の始まりを合図にウインドウをすこし下げ、秋空を見上げた。

「今日は私的なメールが、僕らに届いてますよ」

「誰からですか？　さっきディレクターさんから聞いたんで知ってますが」

「僕らが下北沢のライブに出ていた頃から、お世話になっている、テレビディレクターのOさんです。『読まないと、タダではおかないぞ！』から始まる脅迫メールです」

「大関さんですね」

「斉藤さん、匿名希望のOさんです！　あの人、自分の演出プラン通りにやらない芸人を本当に干しますから！　気をつけてください。このメール、二週間前に届いていたらしいんですよ。それが今日、始まる直前に急遽、読んでほしいとスタッフさんに言われまして」

「スタッフさん、顔面蒼白でしたから」

「こわっ！　とりあえず読みます」

「お願いします」

「いま頃オレは、長期休暇先の辺境の地から『夕方カーボーイ』を聴いているだろう。オレと愛しのハニーたちのために、一曲リクエストするので、絶対かけるように！　じゃあな」

「それだけですか？」

「それだけです。この人、メールでも一方的なんですね」

「大島さん、育ての親からのメールなんで、ここは脅しに屈しておきましょう」

「屈しましょう、間違いないです。斉藤さん、曲紹介をどうぞ！」

「それでは、大関さんからのリクエストで、中森明菜『北ウイング』！　大関さん！　なぜいま、明菜！　では、どうぞー！」

　マネタイズ斉藤の絶叫に思わず、タクシーの運転手が吹き出した。

「運転手さん、ラジオのボリューム、もうすこし上げてもらえますか」

　ボクはそう言いながら、後部座席で黒いネクタイがどうしてもうまく結べず、何度も何度もやり直していた。

初出 「yomyom」57号～66号

JASRAC 出 2105709-101

これはただの夏《なつ》

発行　二〇二一年七月三〇日

著者　燃《も》え殻《がら》

発行者　佐藤隆信

発行所　株式会社　新潮社

〒一六二―八七一一
東京都新宿区矢来町七一番地
電話　編集部〇三（三二六六）五四一一
　　　読者係〇三（三二六六）五一一一
https://www.shinchosha.co.jp

組版　新潮社デジタル編集支援室
印刷所　錦明印刷株式会社
製本所　加藤製本株式会社

 ISBN 978-4-10-351012-3 C0093